Cachorros Encrenqueiros se Divertem Mais

John Grogan

Autor do livro mais vendido
da lista do New York Times
Marley & Eu

Cachorros Encrenqueiros se Divertem Mais

Histórias sobre famílias, animais e vida selecionadas do jornal The Philadelphia Inquirer

TRADUÇÃO
Elvira Serapicos

Ediouro

Título original
Bad dogs have more fun

Capa
Christie & Cole/Corbis

Revisão
Vanessa de Paula
Rita Sorrocha

Editoração eletrônica
Dany Editora Ltda.

Dados Internacionais de Catalogação na Publicação (CIP)
(Câmara Brasileira do Livro, SP, Brasil)

Grogan, John
Cachorros encrenqueiros se divertem mais / John Grogan ; tradução Elvira Serapicos. — São Paulo : Ediouro, 2008.

Título original: Bad dogs have more fun.
ISBN 978-85-00-02239-5

1. Contos norte-americanos I. Título.

08-00762 CDD-813

Índice para catálogo sistemático:

1. Contos : Literatura norte-americana 813

Rua Nova Jerusalém, 345 – Bonsucesso
Rio de Janeiro – RJ – CEP 21042-235
Tel.: (21) 3882-8200 Fax: (21) 3882-8212 / 3882-8313
www.ediouro.com.br

Sumário

Animais

4 DE MARÇO DE 2003

O QUE É BOM PARA O GANSO? NÓS

Tenho conversado com os gansos nos últimos tempos.

— Escutem, rapazes, qual é o problema de vocês? Será que não conseguem fazer nada melhor? Vocês não deveriam estar tomando banho de sol, em um belo campo de golfe na Flórida?

Eles me olham como se eu fosse uma espécie de lunático e dizem o de sempre: ónc!

Gansos do Canadá. Essas aves lindas, grandes e gordas, estão por toda parte, ornamentos onipresentes na paisagem do subúrbio. Passo por elas quando vou caminhando até o shopping, quando passo de carro pelo cemitério, quando levo meus filhos ao parquinho, quando visito os *campi* da faculdade e também os jardins das empresas, e quando volto para casa.

Um grande grupo tomou conta do gramado diante da porta do meu escritório, e aí eles mastigam a grama congelada, ignorando as pessoas que passam a poucos passos.

O que não entendo é: por que aqui? A área da grande Filadélfia tem suas virtudes, mas como recanto selvagem e cenário para aves aquáticas deve estar em último lugar da lista. Principalmente em março, com a neve, o gelo, o sal e esse mundo de gente agasalhada.

Eu venho tentando fazer com que recuperem o bom senso. Mas eles escutam? Parecem até um bando de adolescentes.

— Desculpem — eu digo a eles. — Se pudesse viajar para Nova Orleans de graça, vocês acham que eu estaria aqui comendo grama congelada? Hei! Vocês têm asas. Usem suas asas.

Ónc!

VOEM PARA O SUL, SEUS BOBOS

— Escutem, eu vou facilitar para vocês. Vou apontar a direção e vocês voam. Não é tão complicado. O sul fica daquele lado. É só continuar em frente até chegar ao Disney World. Xô!

Ónc!

— Tudo bem. Se não pretendem voar para o sul no inverno, como qualquer ganso de respeito, vocês poderiam pelo menos ir para o Valley Forge ou qualquer outro espaço aberto. Quer dizer, uma zona industrial coberta de poeira ao longo do rio Schuylkill é realmente a idéia que vocês têm de diversão?

Não adianta. Eles continuam a mastigar e defecar, mastigar e defecar.

Eu procuro a ajuda de um profissional, apropriadamente chamado Donald Drake, especialista em vida selvagem e professor-assistente do departamento de administração da fauna selvagem da Rutgers University.

— Professor Donald, antes de qualquer coisa: esse é realmente o seu nome?

— Exatamente — ele garante.

— Bem, poderia explicar como é que esses gansos insistem em permanecer no frio da Filadélfia, quando poderiam estar pegando sol na ilha de Hilton Head?

Donald não foge da pergunta.

— O que vemos nos subúrbios não são gansos migratórios — ele explica. São seus primos preguiçosos e mais gorduchos, tão felizes por aqui que resolveram transformar o lugar em seu lar permanente. É bem provável que nunca tenham migrado na vida — diz Donald. — E se parecem inofensivos, é porque são. Para os gansos, os subúrbios são essencialmente uma zona livre para a caça, e os moradores também são criaturas inofensivas.

É mesmo? Eles que experimentem passar na frente de um SUV quando estamos vindo do trabalho para casa!

Criando um hábitat ideal

Gastamos dezenas de milhares de dólares em uma porção de coisas, de cachorros a fogos de artifício, para espantar as máquinas comedoras aladas. Mas elas simplesmente não batem as asas.

Donald Drake lembra que nós demos a elas tudo o que um ganso poderia desejar. Como todos os americanos, somos fascinados por um gramado bem aparado. E a espécie *Branta canadensis* agradece.

Os nossos gramados e campos de futebol são saborosos, e, além disso, nós mantemos a grama bonita e aparada, do jeito que os gansos gostam, pois assim nenhum inimigo pode se esconder para atacar de repente. Também temos as nossas piscinas e lagos, que eles apreciam. E perseguimos quase todos os seus predadores naturais. Alguns de nós até oferecem pão a eles.

Nós demos aos gansos praticamente tudo o que eles poderiam pedir, exceto sua própria TV a cabo. E, não custa lembrar, qual das espécies deveria ter o intelecto superior?

— Eles passam a maior parte da vida comendo grama e andando a esmo — diz Donald. — As pessoas dizem "não seria ótimo ter a vida de um cachorro?", mas acho que seria ainda melhor ter a vida de um ganso do Canadá.

Certo. E agora, se puder me desculpar, preciso voltar lá fora e ver o que eles querem beber.

4 DE ABRIL DE 2003

Um viajante felino perdido na Filadélfia

Felix está desaparecido.

Desaparecido em ação, não em um campo de batalha no deserto iraquiano, mas em algum lugar no interior cavernoso do Aeroporto Internacional da Filadélfia.

Felix é um gato.

O felino preto com uma mancha branca no peito desapareceu no dia 4 de março durante uma troca de aviões na Filadélfia, quando estava no caminho entre Baltimore e Londres para se juntar a seus donos. Desde então, desapareceu sem deixar rastro.

A U.S. Airways, que estava transportando o gato, colocou comida e água, organizou várias buscas, distribuiu a fotografia de Felix e até contratou um rastreador com um beagle para tentar localizar o gato em seu esconderijo. Tudo em vão.

Seus donos, embora reconheçam que um felino perdido não é exatamente uma manchete, querem-no de volta, desesperadamente. Tão desesperadamente que atravessaram o Oceano Atlântico e voltaram à sua procura.

A história começa em Baltimore com Rebecca Smith, babá britânica, e seu marido americano, Darrell, organizador de eventos. No começo do ano, o casal decidiu voltar à Inglaterra para ficar perto dos pais de Rebecca.

Rebecca foi para a Inglaterra em janeiro, com a filha de 3 anos do casal. Darrell e Felix, o gato, seguiriam depois. Darrell conseguiu chegar; Felix, preso em uma gaiola com os dizeres "Animal Vivo", não.

A U.S. Airways admite que houve um erro. Amy Kudwa, porta-voz da empresa, afirmou: "Continuamos com nossos esforços diligentes para encontrar o animal, que até agora não foi encontrado".

A ESTEIRA ERRADA

Um funcionário encarregado das bagagens deveria levar Felix a uma área de carga para que ele comesse e tomasse água enquanto aguardava a conexão. Em vez disso, um gerente de cargas disse aos Smith que o funcionário colocou por engano a gaiola de Felix em uma esteira e ele saiu passeando pela área de bagagens do aeroporto.

Quando os funcionários finalmente localizaram a gaiola, a porta estava aberta e Felix havia desaparecido.

— Acho simplesmente incrível que num intervalo de aproximadamente 20 minutos eles tenham perdido um gato de oito quilos — disse-me por telefone, da Inglaterra, Rebecca Smith, 34 anos.

Três dias após o desaparecimento, a U.S. Airways trouxe o casal de volta para a Filadélfia, hospedando-os em um hotel, para que pudessem esquadrinhar a área de bagagens e tentar encontrar seu gato. Felix, se ainda estiver no edifício, não mordeu a isca.

— A viagem foi pura perda de tempo — disse Darrell Smith. — Queremos nosso gato de volta; essa é a coisa mais importante. Mas acho que isso não vai acontecer. Já está fazendo um mês.

Apesar de a companhia aérea insistir que a procura continua, a família Smith tem outra impressão.

— Parece que eles não estão mais muito preocupados com esse assunto — concluiu Darrell Smith.

Os Smith disseram que a empresa concordou em fazer o reembolso da passagem de Felix, no valor de 257 dólares, e que eles deveriam enviar uma cobrança pelo valor pago pelo gato.

— Nós o pegamos em um abrigo quando ele tinha apenas dois meses. Em termos financeiros, o gato não tem valor — disse Rebecca Smith.

Um amigo leal

Para os Smith, no entanto, Felix é um precioso membro da família. O gato grande e preguiçoso fez companhia a Rebecca nas noites de tristeza em que sentia saudades da Inglaterra, e se tornou companheiro constante de sua filha, Dominique. "Era como se ele a estivesse protegendo."

— Se tivéssemos perdido roupas, não nos importaríamos. Você pode substituir as roupas — disse Rebecca. Então, talvez percebendo como sua preocupação com um gato poderia soar em meio às notícias com o número cada vez maior de feridos de guerra, ela acrescentou: — Você realmente não vai conseguir entender a menos que seja uma pessoa que goste de gatos.

Ou pelo menos que goste de animais. Sabemos que não devemos agir assim, mas nós os tratamos como se fossem crianças, mimando-os, ficando preocupados com eles, lamentando quando morrem.

O casal já começou a falar de seu bichano no passado, enquanto as relações entre o casal e a U.S. Airways fica cada vez mais tensa. Os Smith dizem que os representantes da empresa se mostram impacientes com a insistência da família em encontrar Felix. A porta-voz da empresa, Amy Kudwa, por sua vez, não fala sobre detalhes do caso, alegando temer uma ação judicial — possibilidade que os Smith negam.

Na esperança de localizar seu animalzinho de sete anos, o casal pede ajuda à população da Filadélfia. Se alguém encontrar um grande gato preto com uma mancha branca no peito, por favor, telefone.

Existe uma família do outro lado do oceano que o quer de novo em casa.

6 DE JANEIRO DE 2004

DIZENDO ADEUS A UM COMPANHEIRO FIEL

Sob o cinza do alvorecer, encontrei a pá na garagem e desci pela colina até o ponto em que o gramado encontra o bosque. Ali, sob uma cerejeira, eu comecei a cavar.

A terra estava fofa e felizmente não havia congelado, assim o trabalho andou rápido. Era estranho estar ali fora sem o Marley, o labrador retriever que durante treze anos decidiu que ficaria ao meu lado todas as vezes que eu saísse pela porta, fosse para apanhar um tomate, arrancar o mato ou pegar a correspondência. E agora ali estava eu, sozinho, cavando uma cova para ele.

— Jamais haverá outro cão como o Marley — disse meu pai, quando lhe dei a notícia de que eu finalmente tivera que pôr um fim à vida do velho companheiro. Foi a coisa mais próxima de um elogio que o nosso cachorro recebeu.

Ninguém jamais dissera que ele era um grande cão — ou mesmo um bom cão. Ele era tão selvagem quanto um *banshee* e forte como um touro. Passou a vida dando trombadas com uma prazer normalmente associado aos desastres naturais.

Nunca soube de outro cão que tenha conseguido ser expulso da escola de treinamento.

Marley mastigava poltronas, destruía telas, babava, revirava latas de lixo. Era tão grande que conseguia comer da mesa da cozinha com as quatro patas plantadas no chão — e fazia isso sempre que não estávamos olhando.

Marley destruiu mais colchões e esburacou mais paredes de gesso do que consigo lembrar, quase sempre devido ao pavor que sentia de seus inimigos mortais: os trovões.

Bonitinho, mas tonto

Ele era um animal majestoso, quase cinqüenta quilos de musculatura vibrante coberta por uma esplêndida pelagem cor de palha. Quanto à inteligência, só posso dizer que ele perseguiu seu próprio rabo até o dia em que morreu, aparentemente convencido de que estava prestes a realizar um feito canino absolutamente revolucionário.

Aquele rabo era capaz de limpar a mesinha de centro num único golpe. Perdemos a conta das coisas que ele engoliu, incluindo uma corrente de ouro da minha mulher, que depois recuperamos, mais brilhante do que nunca. Uma vez nós o levamos conosco até um café ao ar livre e o amarramos à pesada mesa de ferro fundido. Grande erro. Marley avistou uma linda poodle e saiu em disparada, arrastando a mesa.

Mas seu coração era puro.

Quando trouxe minha mulher para casa depois de uma consulta com o médico, porque a primeira gravidez havia chegado ao fim em decorrência de um aborto, aquela fera selvagem pousou gentilmente a cabeça pesada em seu colo e choramingou. E quando os bebês finalmente chegaram, de alguma maneira ele entendeu que eles eram algo especial e permitia que montassem nele, puxando suas orelhas e arrancando pequenos tufos de pêlo. Certo dia, quando uma pessoa estranha tentou segurar uma das crianças, nosso alegre gigante mostrou uma ferocidade que jamais imaginamos que pudesse existir dentro dele.

Com o correr dos anos, Marley foi ficando mais tranqüilo, e dormir passou a ser seu passatempo favorito. No final, já não conseguia ouvir direito, não tinha mais dentes, e seus quadris estavam de tal forma tomados pela artrite que ele mal conseguia ficar em pé. Apesar das enfermidades, ele saudava cada dia com a alegria travessa que era sua marca registrada. Poucos dias antes de sua morte, eu o surpreendi com a cabeça enfiada na lixeira.

Lições de vida aprendidas

Uma pessoa pode aprender muito com um cachorro, mesmo com um tão insano quanto o nosso.

Marley nos ensinou a viver cada dia com alegria e exuberância desenfreadas, a aproveitar o momento e fazer o que manda o coração. Ele me ensinou a apreciar as coisas simples — um passeio pelo bosque, a neve caindo, uma soneca sob a luz do sol do inverno. E quando ficou velho e cheio de dores, me deu uma lição de otimismo diante da adversidade.

Mais importante, ele me ensinou o que é amizade e desprendimento e, acima de tudo, o que é lealdade inabalável.

Quando sua hora chegou, na semana passada, eu me ajoelhei ao seu lado no chão da clínica veterinária, acariciando seu focinho cinzento enquanto a veterinária me falava de cremação. "Não", eu disse a ela, "vou levá-lo para casa comigo".

Na manhã seguinte, nossa família ficou em pé junto à cova que eu havia feito e nos despedimos. As crianças colocaram desenhos ao lado dele. Minha mulher falou por todos nós, quando disse: "Meu Deus, como vou sentir falta dessas orelhas grandes, tão bobas".

Mas quando fiquei alguns minutos com ele antes da médica voltar, pensei nos treze anos — nos móveis destruídos e nas travessuras idiotas; nos beijos molhados e na profunda devoção. Tudo somado, não fora uma jornada ruim.

Eu não queria que ele deixasse este mundo acreditando que deixara uma impressão ruim. Encostei minha testa na dele e disse: Marley, você é um grande cão.

13 DE JANEIRO DE 2004

ELES SÃO ENCRENQUEIROS, E MESMO ASSIM NÓS OS AMAMOS

Rapaz, e eu que pensava que meu cachorro era encrenqueiro.

Desde que publiquei uma despedida para meu companheiro de treze anos, Marley, o neurótico e incorrigível labrador retriever, meu correio eletrônico mais parece um programa de TV: "Cachorros encrenqueiros — e os humanos que os adoram".

Durante a semana que passou após minha crônica sobre a morte de Marley, recebi centenas de correspondências de donos de animais de estimação. Eles me enviaram suas condolências (obrigado a todos). Mas queriam principalmente discutir a exatidão das minhas palavras.

Agora sei que errei ao classificar Marley como a criatura mais encrenqueira do mundo. Uma das respostas típicas dizia mais ou menos o seguinte: "o seu cachorro não pode ter sido o pior, porque o MEU é muito pior". E para provar esse ponto de vista todos me forneceram narrativas detalhadas sobre sofás retalhados, armários invadidos e ataques-surpresa cheios de baba.

Por estranho que pareça, praticamente todas as histórias envolviam grandes retrievers, como Marley.

Sandy Chanoff, de Abington, contou: "Alex era o que chamávamos de 'labrador animado' com um pouco de déficit de atenção. Ele comeu quase todos os meus sapatos de couro, livros e até o carpete. Sempre nos recebia na porta com alguma coisa na boca, e ficava pulando como se não nos visse há anos. Com o rabo ele derrubava tudo o que estivesse em cima da mesinha de centro. A propósito: nós também fomos expulsos do curso de treinamento". Vocês também, hãn?

Inveja do diploma

Gracie, uma golden retriever que pertence a Lynne Major e Lynn Lampman, de Drexel Hill, conseguiu conquistar o diploma — e ficou tão excitada que se pôs a pular até destruí-lo. Lynne disse: "Ela é adorável, mas também é meio maluquinha".

Lois Finegan, de Upper Darby, afirmou que meu vira-lata maníaco não tinha nada da síndrome de ansiedade-separação de sua labrador, Gypsy. "Ela era um terror, mordendo as cortinas e as argolas, portas, tapetes, plantas e até a persiana de uma janela."

Outras pessoas falaram de seus cães devorando toalhas de praia, esponjas, areia sanitária e até um anel de diamante (o que definitivamente vai além do gosto de Marley por correntes de ouro).

Mike Casey, de Pottstown, supera todos eles. Ele disse que seu falecido cachorro, Jason, uma mistura de setter irlandês com retriever, certa vez engoliu o tubo de mais de um metro de um aspirador de pó inteirinho — de uma só vez.

Elyssa Burke, de West Goshen, ficou apavorada quando seu cão, Mo (sim, outro labrador extremamente inteligente!), decidiu sair de casa atravessando uma janela do segundo andar. Mo sobreviveu à queda, aparentemente bastante satisfeito com a nova saída que havia acabado de encontrar. "Ele aterrissou em um arbusto, o que amorteceu a queda", Elyssa explicou.

Nancy Williams recortou minha coluna a respeito do Marley porque lembrava sua incontrolável retriever, Gracie. Ela escreveu: "Deixei o artigo na mesa da cozinha e fui guardar a tesoura. Quando voltei, Gracie tinha comido o pedaço de jornal".

Considero isso um cumprimento.

Afundado até os joelhos no concreto

Rene Wick, de Havertown, tem um "labrador amarelo que não bate bem da cabeça chamado Clancy", que decidiu impressionar o vizinho fazendo uma visita à obra que tinha começado em sua casa. "Clancy pulou a cerca e caiu direto até os joelhos no cimento fresco", escreveu Rene.

E também temos Haydon, o labrador castanho que engoliu um tubo de Superbonder. "Mas seu melhor momento", diz sua dona, Carolyn Etherington, de Jamison, "foi quando ele arrancou o batente da porta da garagem depois que eu ingenuamente deixei a coleira presa ali". Ela acrescenta: "Naquela época, o telefone do veterinário precisava estar sempre à mão para as emergências".

Tim Manning, de Yardley, acreditou que enganara seu labrador amarelo, Ralph, colocando um enfeite de chocolate em lugar seguro no alto da geladeira. "Ralph descobriu como abrir a gaveta de um armário que ficava ao lado da geladeira e a usou como escada", escreveu Tim. "Percebemos que ele havia feito isso quando vimos as toalhas que estavam na gaveta espalhadas pelo chão, e o chocolate foi devorado ali mesmo, no alto da geladeira".

Todas essas histórias suscitam a pergunta que qualquer pessoa em sã consciência deve estar se fazendo: se os animais de estimação dão tanta dor de cabeça, por que ter um?

Como diz Sharon Durivage, de Yardley: "Eles nos dão seu amor e lealdade espontaneamente e sempre nos perdoam pelos dias ruins e pelo mau humor".

21 DE SETEMBRO DE 2004

Abrigo em Media brinca com sua missão

Quem disse que é vida de cachorro?

Para os cães — e gatos — da SPCA do município de Delaware a vida não é bem assim.

Como demonstrou Barbara Boyer em uma série de artigos para a revista *The Inquirer*, o abrigo para animais sem fins lucrativos na cidade de Media, na Pensilvânia, faz uma brincadeira com seu nome — Sociedade para a Prevenção da Crueldade com os Animais.

Uma organização dedicada aos animais combate a crueldade colocando cachorros e gatos amontoados em instalações sem condições de higiene? Permitindo que doenças contagiosas corram soltas por essas instalações? Promovendo a adoção de cachorros doentes por famílias inocentes que terão de arcar com gastos extraordinários com veterinários ou enfrentar a dor de ter que por fim à vida do animal — ou ambas as coisas?

Prevenir a crueldade é ter mais de sete milhões de dólares e ainda assim se recusar a proporcionar módicos cuidados veterinários a seus animais? Tendo um veterinário nas instalações por apenas duas horas semanais? Duas horas para uma organização por onde passaram no ano passado aproximadamente três mil cachorros?

Se isso é prevenir a crueldade com os animais, eu detestaria ver a câmara de tortura.

Nós, os seres humanos, esperamos um padrão mínimo no tratamento dedicado aos nossos companheiros de quatro patas: segurança, condições de higiene, alimentação adequada, água limpa para beber, cuidados apropriados, atenção médica condizente.

Não se trata de alta tecnologia, mas os 13 membros da diretoria parecem não ter idéia do que fazer, incapazes de resolver até as coisas mais básicas.

Boa vontade que deu errado

A negligência não é fruto de más intenções. Sua natureza é boa, boas intenções soterradas por decisões ruins — ou nenhuma decisão.

Parte do problema parece ser a incapacidade da diretoria de aplicar a dotação de 7,6 milhões de dólares de maneira inteligente. Mesmo que investidos conservadoramente, o investimento poderia render mais de 300 mil dólares por ano. Mas os membros da diretoria agem como avarentos.

Com quase 8 milhões de dólares no banco, eles não podem dispor de 80 mil dólares por ano para pagar um veterinário em tempo integral? Desculpe, mas esse cão não vai longe.

— O conselho de diretores simplesmente fica sentado no dinheiro — disse o frustrado voluntário Arthur Herring, de Montgomeryville, a Barbara Boyer. — Para eles é mera questão de exercício do poder.

Enquanto isso, animais doentes continuam a ir para as casas das pessoas. Os animais sadios continuam a ser infectados. E esse ciclo patético permanece.

Barbara Boyer entrevistou pessoas que adotaram cães e gatos do abrigo e depois descobriram que eles estavam extremamente doentes. Uma mulher levou para casa um gato que estava morrendo por causa do altamente contagioso HIV felino. Outra adotou um shepherd alemão que transmitiu uma infecção respiratória para o outro cão da família. Outra levou para casa um pit bull sem saber que ele estava sofrendo com um vírus bastante contagioso e hemorragia interna. O cão precisou de uma cirurgia que custou ao novo dono mais de 2 mil dólares.

Redefinindo "humano"

Uma mulher de Collingdale levou para casa um cachorro com traqueobronquite, vermes e má nutrição. "Dava para contar as costelas em seu corpo", disse a dona para Barbara Boyer.

Isso é o que se espera encontrar em um filhote de abrigo de fundo de quintal, não de um grupo de pessoas bem-intencionadas que usam as palavras "prevenção da crueldade" em seu nome.

Os voluntários abandonaram as atividades, revoltados. Os veterinários esporádicos reclamaram das condições. O Estado diz que irá investigar. Mesmo assim, a diretoria insiste, defendendo sua incompetência e apegando-se aos seus miseráveis métodos raquíticos.

Quando um ex-membro da diretoria da SPCA, Joseph P. Boyle, tentou melhorar as condições no abrigo, foi obrigado a sair. Ele disse a Barbara Boyle que cães doentes, apesar de poderem ser tratados, costumavam ser sacrificados porque a morte era menos dispendiosa que os remédios.

O que está acontecendo aqui?

Alguns defensores dos animais fizeram uma petição para substituir todos os 13 membros da diretoria do abrigo, e isso é bom. Talvez uma mudança completa na liderança seja necessária para recolocar o abrigo para animais novamente nos trilhos.

Entrementes, os membros da diretoria atual precisam colocar lembretes na própria testa com os dizeres: "Trata-se de evitar a crueldade, estúpido".

6 DE JUNHO DE 2005

Gente que adora animais? Não, apenas infratores

A região norte de Bucks County ainda guarda vestígios de uma época anterior, mais simples.

As vacas se alimentando no pasto; tratores roncando pelas alamedas do campo; grandes extensões de terras cultivadas, milhares de acres estendo-se até a linha do horizonte, uma colcha de retalhos marrons, verdes e dourados.

É um lugar onde os silos ainda superam em número as torres de telefonia celular, e onde casas feitas de pedra ainda são ocupadas por fazendeiros com arados, e não investidores com suas BMW.

Um cenário bastante improvável para um ousado ataque terrorista.

Mas foi ali, em meio à tranqüilidade pastoril da vida rural, em Richland Township, que os terroristas atacaram.

Não homens-bomba ou membros da al-Qaeda, mas ativistas dos direitos dos animais.

Sua causa: evitar que os animais sejam usados em pesquisas médicas.

As vítimas inocentes da sua carnificina: as plantas. Mais especificamente: peônias chinesas, muitas delas raras e caríssimas, todas elas belezas sublimes.

Saio com o carro da Route 212 para entrar na fazenda conhecida como Peony Land (Terra da Peônia) e a primeira coisa que noto são as plantas florescendo em fileiras até perder de vista. Sua fragrância toma conta do ar; suas cores vivas cobrem os campos como as tintas a óleo da paleta de um artista.

Uma grande ironia

Logo em seguida, noto as obscenidades rabiscadas com tinta spray no celeiro da fazenda. "[Palavrão] com primatas, e nós vamos [palavrão]", diz uma delas.

Os vândalos usaram as iniciais FLA, da Frente de Libertação Animal.

Os destinatários das mensagens são o dono da Peony Land, Michael Hsu, e seus pais, Chao e Susan Hsu, que planejavam construir um canil na propriedade de 47 acres para abrigar até 500 macacos para pesquisas médicas.

Os vândalos derramaram solventes em dois carros e pintaram com tinta spray várias construções da propriedade. Mas o que deixou a família Hsu de coração partido foram as plantas. Os vândalos destruíram e esmagaram centenas de peônias delicadas e caras que estavam em uma estufa.

— Eu não acreditava que as pessoas pudessem fazer uma coisa dessas — disse Michael Hsu. — Pintar os prédios com tinta spray e fazer pichações é uma coisa, mas... essas plantas. Elas não têm nada que ver com nossa proposta.

Tenho certeza de que os criminosos que destruíram Peony Land não pretendiam isso, mas o que deixaram foi uma grande ironia — a destruição injustificável e indiscriminada de uma espécie viva para salvar outra. Mate uma planta, salve um primata. A fauna é importante; a flora, aparentemente, não.

Isso faz sentido para uma mente transtornada.

Outra ironia: os primatas que os Hsu planejavam importar desempenhariam papel importante nas pesquisas que algum dia levariam à cura de flagelos mortais como a AIDS e o câncer. Poderiam ajudar na luta contra o bioterrorismo. Ou, como diz Michael Hsu, poderiam ajudar a "prolongar e mesmo salvar a vida de milhões de pessoas".

Táticas criminosas

Para os extremistas mascarados de protetores dos animais isso não é suficiente, mesmo que os macacos recebam tratamento humano, como Michael insiste que receberiam.

Em uma mensagem colocada na Internet, um grupo que reivindicava a responsabilidade pelos atos de vandalismo em Peony Land usou os métodos favoritos dos criminosos, terroristas e infratores de todo tipo — a intimidação.

"Desistam dos planos de fazer uma prisão para os primatas ou vamos transformar a vida de vocês num inferno", diz a mensagem. "Se decidirem continuar com esse plano, iremos destruir o seu negócio e destruiremos a vida de vocês."

Michael Hsu insiste que, por uma coincidência infeliz, a família desistiu de se habilitar a abrigar os macacos em sua fazenda. Essa decisão, disse Michael, nada tem que ver com as ameaças, mas simplesmente porque ele percebeu que a proposta não atenderia as necessidades de espaço da cidade.

Talvez seja verdade, mas ele e eu sabemos que os criminosos que o atacaram agora estão cantando vitória.

É possível que pessoas sensatas discordem do uso de animais em experiências médicas. Mas existem fóruns legítimos onde se podem expor essas diferenças. É o direito que nos concede uma sociedade livre.

Existe uma palavra para designar aqueles que em vez disso se escondem e usam mensagens anônimas para alimentar o medo e a intimidação: covardes. E com a repentina mudança de planos da família Hsu, meu medo é que os covardes se sintam encorajados.

22 DE NOVEMBRO DE 2005

NO PRÓXIMO CIRCUITO, UM STEPFORD TERRIER

Passei o domingo mergulhado em um mundo totalmente dedicado, sem qualquer constrangimento, aos cachorros.

Acredite quando digo que havia pêlos caindo por toda parte.

Não estavam apenas caindo, estavam sendo penteados, divididos, presos, cortados, secados e afofados. A última vez que testemunhei tamanho desfile de vaidades estava passando por um salão de beleza na Main Line.

O evento em questão era uma exposição de cães do Kennel Club of Philadelphia, realizado durante todo o fim de semana no Fort Washington Expo Center, e reunindo 2.700 cães de raça pura de todas as formas e tamanhos imagináveis, acompanhados por seus donos perfeccionistas, que também tinham todas as formas e tamanhos imagináveis.

Cerca de 15 mil apaixonados por cachorros afluíram de todos os lugares para externar sua admiração com os supertotós, e me ocorreu que se o concurso de Miss América tivesse todo esse apelo não estaria indo por água abaixo.

Na área das apresentações os donos estavam aflitos com seus cães, que esperavam pacientemente por sua vez de desfilar perante os juízes. Muitos desses cachorros passam a maior parte da vida viajando, indo de uma exposição para outra. Vi quando um espectador passou a mão na cabeça de um husky e seu *handler* logo passou a escova para arrumar o pêlo no local violado.

Correndo para lugar nenhum

Eu percebi que estava em um mundo todo especial quando me dirigi ao banheiro e encontrei não apenas as portas Ele e Ela, mas instalações diferenciadas para Caninos e Humanos também. Os cães realmente são muito bem tratados, desfrutando de sanitários impecáveis cobertos com serragem feita de cedro perfumado.

Nas arenas, os *handlers* alinharam seus espécimes bem comportados e começaram a desfilar em círculos a meio trote sob os olhares atentos dos juízes. Volta atrás de volta eles trotaram, correndo para lugar nenhum.

Havia um número surpreendente de jovens entre os *handlers*, muitos deles adolescentes. Certamente haviam investido centenas se não milhares de horas no trabalho com seus cães. O que acontece com essa garotada? Esses jovens não deveriam estar em casa jogando videogame?

Os cães eram algo que merecia ser contemplado. Postavam-se em formação impecável, o nariz a poucos centímetros da cauda do animal à sua frente. Nenhum deles se mexia. Nenhum empurrão, nada de cheirar o traseiro, pular no ar como se tivessem molas invisíveis nas patas. Nenhuma tentativa de estabelecer qualquer relação íntima. Nada de dançar com duas patas. Era como se eu estivesse vendo robôs cobertos de pêlo programados para um concurso de boas maneiras.

Afinal, quem seria o patrocinador oficial da exposição? Algum fabricante de Prozac para filhotes?

Como presidente não oficial e líder espiritual dos Donos de Cachorros Problemáticos dos Estados Unidos, confesso que senti um pouco de inveja profissional. Não pude evitar pensar que o meu falecido e não-tão-grande labrador retriever, Marley, teria tomado a competição de assalto, começando pela toalha da mesa dos juízes.

Comandos opcionais

A atual labradora-residente da casa dos Grogan acha que "Venha!" é uma sugestão que ela aceita levar em consideração para depois nos dizer o que pensa. Ela nunca deparou com uma folha que não merecesse seus latidos até ficar rouca.

Todos os cães têm seus pontos fortes, e o dom único de Gracie é sua coordenação olho-língua. Graças a isso ela consegue lamber o ar e bater com o focinho em nossos rostos no momento exato em que estamos abrindo a boca para falar e com isso enfiar a língua onde nenhuma língua canina jamais deveria entrar.

Tenho a impressão de que fui até a exposição esperando encontrar algo que me fizesse sentir que até cachorros premiados tinham alguma coisa em comum com meus rejeitados em escolas de treinamento de cães.

Examinei atentamente os concorrentes para ver se encontrava alguma falha sob o exterior brilhante. Vamos lá, eu pedia em silêncio, deixe escapar um fiozinho de baba. Nada. Eles trotavam; empinavam; posavam, sem perder o ritmo. Reparei em um poodle, tão imóvel e perfeitamente arrumado, que precisei olhar duas vezes para ter certeza de que não era um animal empalhado.

— Isso não está certo — eu disse.

Por mais que invejasse aqueles über-animais, eu sabia que a vida para eles, como para todos nós, é feita de escolhas.

Os bons cachorros ganham todos os prêmios, é verdade. Mas os encrenqueiros se divertem mais.

31 DE JANEIRO DE 2006

Marley & Eu — a verdadeira história

Diante do escândalo envolvendo o autor James Frey, que agora admite ter inserido inverdades e cometido exageros em seu livro de memórias propositalmente não fictícias, *A Million Little Pieces*, o site SmokingCanine.com iniciou uma investigação sobre outro livro de memórias que também está no topo das listas de mais vendidos. Nós agora trazemos para vocês essa revelação chocante:

FILADÉLFIA — Surgiram evidências confiáveis indicando que John Grogan, colunista do *Inquirer*, talvez tenha exagerado bastante as travessuras de seu agora famoso labrador retriever Marley.

Em seu livro de memórias, "Marley & Eu — a vida e o amor ao lado do pior cão do mundo", Grogan retrata seu agora falecido animal de estimação como incorrigível, neurótico, mal educado, flatulento e sentimental. Mas uma investigação do SmokingCanine revelou que as evidências são insuficientes para sustentar retrato tão desfavorável.

Uma antiga vizinha, Betty Barcalot, disse ao SmokingCanine: "Marley era um ótimo cachorro. Eu vi quando ele se atirou no meio dos carros para salvar um chihuahua". Mas isso está no livro?

Uma antiga babá acrescentou: "Sim, havia muitos estragos na casa, mas deveriam perguntar ao sr. Grogan como isso aconteceu. Só posso dizer que um proprietário incompetente com ferramentas poderosas pode ser muito perigoso".

Picaretas de gelo e baba

Relatos informando que Grogan talvez tenha usado uma picareta de gelo para estragar intencionalmente a madeira de sua casa na tentativa de responsabilizar Marley não puderam ser confirmados.

Até mesmo a esposa de Grogan, Jenny, procurou ficar distante do livro, dizendo: "Francamente, se alguém tinha algum problema com baba, era meu marido".

Grogan agora admite que a quantidade de saliva produzida pelo animal foi exagerada. "Juro que parecia jorrar em litros na época", ele disse, em uma breve entrevista.

O livro de Grogan dizia que Marley "perseguiu seu próprio rabo até o dia em que morreu". Mas o veterinário da família, Andover Yorecash, disse que essa afirmação é "absurda... absolutamente risível". Ele acrescentou: "Nas diversas ocasiões em que Marley veio ao consultório para que extraíssemos de seu estômago algum objeto da casa, jamais o vi correndo atrás do próprio rabo".

Em um parque para cachorros que Marley costumava freqüentar, um rottweiler que disse se chamar apenas "Fritz" falou que o livro todo é um exagero grosseiro.

Falando através de um intérprete, ele rosnou: "Nunca vi o Marley cheirar o traseiro de um poodle. E mesmo que tivesse feito isso, qual é o problema?"

Fritz acrescentou: "Eu conhecia Marley. Marley era meu amigo. O personagem desse livro não é Marley".

Duquesa, uma corgi que chegou a ter um relacionamento romântico com o labrador amarelo, acrescentou: "Grogan exagerou o comportamento maluco do Marley, mas não havia nada de especial. Alô! Ele era um labrador macho. São todos desse jeito".

O SmokingCanine descobriu que centenas de proprietários de cães labrador retriever questionam o título de "pior cão do mundo".

Saltadores de janelas

Disse um deles: "Tenho certeza de que Marley não era o pior. Por acaso alguma vez ele pulou de uma janela do segundo andar como meu Bunky?"

Grogan admitiu que Marley só pulava pelas janelas do térreo.

Existem até rumores ainda não comprovados de que Marley não estaria morto, mas vivendo em um abrigo para cachorros em Boca Raton, na Flórida.

— Não posso jurar que seja o mesmo cachorro — disse Rocco DeRawhyde, funcionário do lugar. — Mas "Harley", que vive no abrigo, é um sósia perfeito do cachorro da capa. Tudo o que sei é que pouco antes de o livro ser publicado, esses dois sujeitos com óculos de sol o deixaram com ordens severas: nada de visitas, nada de entrevistas para a imprensa.

As tentativas para localizar "Harley" não tiveram qualquer resultado positivo.

Grogan se recusou a comentar as insinuações de que o título original de seu livro seria "Meu Marley, o cão dos meus sonhos", e que só mudou a premissa depois que seu agente alegou não ter condições de vender o original, dizendo: "Essa coisa toda meio Lassie é TÃO antiga".

Oprah Winfrey, que recentemente retirou o aval que havia dado ao livro *A Million Little Pieces*, não retornou os telefonemas e por isso não sabemos sua opinião sobre mais esta controvérsia.

27 DE FEVEREIRO DE 2006

Histeria do tamanho de um elefante

Talvez seja fácil chamar de maluca a extremista Marianne Bessey, ativista dos direitos dos animais que acaba de ser banida do Zoológico da Filadélfia.

Quer dizer, fácil até olhar nos olhos dos animais gigantescos e majestosos que ela defende com tanta garra — alguns diriam histeria.

Até olhar nos olhos de um elefante preso.

Aí existe alguma coisa. Algo mais do que uma existência dócil. Existe inteligência, inteligência brutal. Não há qualquer dúvida em relação a isso. Até o próprio website do zoológico faz menção à inteligência inata do animal. É imaginação minha ou existe também tristeza nesses olhos?

Tristeza e saudade?

Marianne Bessey acredita que sim, e ficou obcecada com a idéia de ajudar os quatro elefantes do zoológico a encontrar a liberdade — ou pelo menos algo parecido — em um santuário paquiderme de 2.700 acres no Tennessee.

Ela se transformou em um grande incômodo para a administração do zoológico, visitando regularmente os elefantes em seus espaços apertados, filmando-os, divulgando sua opinião de que os elefantes merecem ter mais espaço para se exercitar e não apenas alguns metros quadrados para serem vistos pelos freqüentadores do lugar.

— Eles são tão inteligentes e tão formidáveis — ela disse por telefone.

"Um pouco deprimidos"

Marianne, que é advogada, começou a prestar atenção aos elefantes quando era criança. "Mas quando eu os via nos circos ou nos zoológicos, sempre sentia que havia alguma coisa errada", ela disse. "Eles sempre pareciam um pouco tristes ou deprimidos."

Em 1996, ela viajou para o Zimbábue para ver os elefantes selvagens em seu hábitat natural e ficou espantada com a diferença no comportamento e na interação.

E esses olhos inteligentes, profundos, ela insiste, tinham expressões diferentes. Não havia tristeza.

Ela afirma que os elefantes do zôo não passam de "sombras" dos elefantes selvagens.

No ano passado ela começou a insistir com os funcionários do zôo para que permitissem a ida dos quatro elefantes para o santuário onde poderiam viver mais próximos da vida na natureza. Até agora, essa idéia não deu em nada.

Ela está particularmente frustrada com a sorte de Dulary, uma fêmea de 42 anos, com um ferimento que a mantém presa em um cubículo de concreto desde agosto.

— É como colocar seu filho em um armário pelo resto da vida — ela disse.

Enquanto aumentava sua frustração, no começo deste mês ela postou uma mensagem em uma sala de bate-papo da Internet, conhecida como Conexão Elefante, dizendo que gostaria que o diretor do Zoológico da Filadélfia, Alexander L. "Pete" Hoskins, experimentasse o que é ser "mantido em um armário de concreto durante seis meses para apressar sua morte".

— Só estava extravasando minha frustração — ela disse.

O que ela não sabia era que os funcionários do zoológico estavam monitorando a sala de bate-papo (seus patrocinadores trabalhando) e deram queixa na polícia, alegando que seus comentários não eram abertamente, mas pareciam, uma ameaça de morte.

Uma ameaça, mas do quê?

Assim, como não podemos ter ecoterroristas que fazem ameaças de morte em uma atração familiar, ela foi banida da área do zôo.

Deixe-me pensar no assunto: quem está agindo histericamente?

Vamos cair na real. A ameaça que o zôo está tentando abafar nada tem que ver com a vida de seu diretor mas com sua imagem, muito bem trabalhada pelo departamento de relações públicas. Os zoológicos são lugares familiares, amigáveis, onde todos os animais são felizes o tempo todo. Não há espaço para questionamentos loquazes em relação ao fato de que os elefantes poderiam estar em melhor situação se estivessem em liberdade.

Eu gosto de zôos. Gosto do Zoológico da Filadélfia em particular, tanto que costumo adquirir um título anual. Gosto de levar meus filhos. Mas tenho que dizer: quando chego perto do cercado do elefante, eu também vejo aqueles olhos.

A maioria dos animais parece estar contente nas áreas cercadas. Mas os elefantes sempre me deixam com a sensação de que estão um pouco... tristes. Se pudessem falar, sabemos o que iriam dizer. E não seria a respeito de como a vida é esplêndida quando você fica em um retângulo de pó para que as pessoas tirem fotografias.

Outros grandes zoológicos permitiram a ida de seus paquidermes para santuários maiores onde hoje andam livremente.

Visite o zoológico, olhe para aqueles olhos profundos, inteligentes. Depois pergunte a si mesmo: não está na hora de a Filadélfia fazer o mesmo?

7 DE JULHO DE 2006

Puppy Mills nem sempre óbvios

A placa se destacou no meio dos campos de milho enquanto passávamos de carro por uma estradinha na zona rural de Berks County.

"Legumes e filhotes à venda."

Aquele era o lugar. O lugar que estávamos procurando. Nosso velho labrador retriever, Marley, havia morrido alguns meses antes e o silêncio em nossa casa ficara ensurdecedor.

Estava na hora de encontrar outro cachorro.

Tínhamos visto um pequeno anúncio nos classificados oferecendo filhotes de uma linhagem mista, mas bastante distinta — um cruzamento entre dois tipos de retrievers. Depois do nosso hiperativo labrador de raça pura, a idéia de mistura nos pareceu boa. A criação de cachorros era um negócio paralelo para esses fazendeiros antigos, tradicionais.

Estacionei perto da velha casa de pedra da fazenda, onde Jenny, nossos três filhos e eu fomos recebidos por seis jovens absolutamente lindos. Eram loiros, de olhos azuis e a pele morena por causa do trabalho nos campos. As meninas usavam bonés e vestidos de algodão que chegavam até as canelas. Os meninos usavam macacões e chapéus. Todos estavam descalços. Nenhum adulto à vista.

Jenny e eu trocamos sorrisos. Gostamos do lugar. Uma pequena família; algo verdadeiro. A idéia de ficar longe dos criadores comerciais nos agradava: muitos tinham a fama de agirem mais pelo dinheiro do que pelo amor aos animais.

Uma sensação de desfalecimento

Pedi para ver os filhotes, e a irmã mais velha, uma garota de aproximadamente 16 anos, deu um passo à frente e, sem dizer palavra, nos conduziu em direção a uma cacofonia de latidos. Perto do celeiro encontramos uma série de cercados frágeis com cachorros de todas as idades, formas e tamanhos imagináveis. Nenhum deles parecia ter sido gerado por cães de raça pura.

Duas das gaiolas eram equipadas com rodas feitas de arame, como se fossem versões gigantescas das rodas que costumamos ver nas gaiolas de hamsters, e os pequenos cachorrinhos corriam sem parar. A cena era ao mesmo tempo engraçada e chocante.

Sentimos imediatamente que havia alguma coisa errada.

Começamos a reparar em outras coisas. Os filhotes estavam amontoados em uma espécie de cercado provisório, e alguns pareciam sem energia, com secreções escorrendo do nariz e dos olhos. O chão estava coberto com tantos excrementos que era praticamente impossível não pisar neles. As mães, esgueirando-se pelos cantos, pareciam cansadas e exauridas, os mamilos pendurados.

Parecia óbvio que não estávamos diante do canil rural idílico que havíamos imaginado, e que aqueles cães estavam sendo criados e vendidos irresponsavelmente por crianças sem a supervisão de adultos. Perguntamos sobre os pais, mas não obtivemos uma resposta clara.

Mesmo assim, não desistimos. Quem quer que tenha saído com crianças pequenas para escolher um filhote sabe como é difícil voltar de mãos vazias. Os filhotinhos, mesmo os mais doentes, eram bonitinhos, e os jovens iam tirando os filhotes do cercado para que meus filhos pudessem lhes fazer um carinho.

— Este aqui, papai; podemos ficar com este? — eles gritavam para cada um dos filhotes.

Olhares nervosos

Jenny e eu trocamos olhares nervosos. Nós dois sabíamos que não iríamos sair dali com um daqueles cachorros.

Chamei as crianças para conversarmos no carro.

— Nós vamos ter um cachorrinho — eu prometi. — Mas este não é um bom lugar. — As crianças abaixaram a cabeça, mas não reclamaram. Acho que até elas perceberam que havia alguma coisa errada.

Quando começou a cair a noite sobre a fazenda às escuras, nós nos desculpamos e fomos embora. Um quilômetro depois, parei o carro e tiramos a sujeira de cachorro dos nossos sapatos.

Não me ocorreu naquela noite, e tampouco nos meses seguintes, que nós tínhamos estado em um *Puppy Mill*. Não do tipo mais comum na Pensilvânia, empreendimentos comerciais de tipo industrial para a criação e exploração de animais, mas ainda assim um *Puppy Mill*. Um lugar que produz animais vivos como se fossem objetos para dar lucro e geralmente passam por cima de problemas de hereditariedade e saúde. O governador do estado está tomando medidas para acabar com negócios desse tipo e merece todo o nosso aplauso.

Relembrando minha experiência de dois anos atrás, eu me arrependo de não ter feito alguma coisa. Eu deveria ter telefonado, ter denunciado aquele lugar. Mas eu não podia imaginar ou não queria acreditar que aquelas crianças simples e tão bonitas pudessem fazer parte de um *Puppy Mill*.

Agora sei que eles podem adquirir várias formas. Às vezes é impossível reconhecê-los, até que seja tarde demais.

16 DE JULHO DE 2006

Celebridade & Eu

Vejam o que o Marley aprontou desta vez. A grande venda de um livro é uma bênção inesperada, mas às vezes o autor é obrigado a descascar um abacaxi.

Sei exatamente quando e onde aconteceu — o momento em que eu finalmente percebi que minha vidinha pacata, tranqüila e satisfatória havia mudado de maneira drástica, e não voltaria ao que era antes tão cedo.

Eram 8h30m da manhã do dia 13 de janeiro e eu estava sentado na sala verde nos estúdios da CBS em Nova York, esperando para participar do *The Early Show*. Uma maquiladora passava pó no meu nariz e ajeitava o meu cabelo. Uma produtora colocava o microfone.

Eu estava ali para falar do meu livro, *Marley & Eu*, e o surpreendente salto da obscuridade para o topo da lista dos mais vendidos.

Esperando ao meu lado para participar da mesma meia-hora do programa estavam a rapper/atriz Queen Latifah, o magnata do cinema Jerry Bruckheimer e duas jovens seminuas que se autodenominavam "as únicas gêmeas da dança do ventre em todo o mundo".

— Só mesmo em um programa de TV matinal — disse o apresentador Harry Smith, minutos antes de irmos ao ar. Eu só balancei a cabeça. A cena era surreal, e eu estava no meio, prestes a entrar ao vivo diante de 2,7 milhões de espectadores.

Depois de me entrevistar, Smith se aproximou de mim e, com um tom quase paternal, disse: "Eu não sei se você já percebeu, mas sua vida jamais será a mesma".

Ele sabia o que eu estava apenas começando a entender. Para o bem ou para o mal, minha nova condição de "autor mais vendido" mudaria tudo, mesmo que eu resistisse às mudanças com todas as minhas forças.

Eu me sentia como o trabalhador comum que de repente ganha na loteria. Ou melhor, apague isso. Eu era o trabalhador comum que tinha ganhado na loteria — no meu caso, a loteria era a possibilidade infinitesimal de escrever um primeiro livro que, por uma misteriosa combinação de fatores, simplesmente decola.

O que começara em minha cabeça como um "livrinho" — a história simples dos primeiros anos do meu casamento e do insanamente alegre labrador retriever que mudaria nossa família — já está na 13ª impressão, com quase 2 milhões de cópias impressas. Ficou na lista de livros de capa dura mais vendidos do *New York Times* durante 34 semanas consecutivas, sendo 16 em primeiro lugar.

Uma parte de mim está vibrando com esse sucesso espantoso. Uma parte ainda não consegue acreditar. E uma parte se preocupa com o efeito que isso terá sobre a minha família, especialmente meus três filhos, e sobre meu estilo de vida, minha carreira, meus amigos.

Eu me pego perguntando a mim mesmo: como foi que vim parar nesta montanha-russa e como faço para agüentar?

A história toda começou em 6 de janeiro de 2003, quando escrevi uma coluna para o *The Inquirer* em que me despedia do meu irremediavelmente hiperativo e incorrigível labrador retriever, Marley, que durante 13 anos encheu nossa casa e nossa vida com barulho e confusão. Ele era um garoto muito encrenqueiro, mas tinha um coração tão grande quanto o céu no verão, e eu queria fazer um registro justo depois de anos debochando da sua absoluta falta de autocontrole.

Graças a essa coluna, o *Inquirer* foi inundado com respostas dos leitores, respostas bastante pessoais. Foi então que percebi que havia tocado sem querer em algo maior, uma coisa seminal. Não a história de um cão. Não a minha história. Mas a história da jornada que os homens e os animais empreendem juntos, e como os dois moldam e afetam um ao outro e se ficam magicamente interligados.

Após uma dezena de recusas, encontrei uma agente, Laurie Abkemeier, que viu o potencial da minha história e decidiu apostar em mim. Comecei a levantar às 4h30m para escrever antes de sair para o trabalho. Semana após semana, capítulo após capítulo, a história saltava como se fossem manifestações de um paciente hipnotizado, sem poder escrever e sem consciência.

No início desse processo, percebi que não poderia contar a história desse cão maravilhoso sem contar a história de minha mulher, Jenny, e a minha, e da vida que estávamos apenas começando. As duas histórias eram inseparáveis, uma única e a mesma.

O livro fluiu com facilidade, em parte porque eu estava convencido de que ninguém jamais o veria. À medida que foi avançando, minha agente me dizia que eu havia encontrado algo, mas eu não acreditava. Continuava pensando: quem em sã consciência iria querer ler 300 páginas a respeito da minha vida?

Mas quando o original ficou pronto, no outono de 2004, a intuição da agente mostrou-se mais apurada que a do autor. Alguns dias depois de sair vendendo o livro, ela me ligou para dizer que tinha seis editores interessados em fazer uma oferta. Vendemos *Marley & Eu* para a William Morrow Co. (no Brasil, para a Ediouro), e ele chegou às livrarias dos Estados Unidos em meados de outubro de 2005, começando em 10º lugar na lista do *Times*.

A agressiva campanha de publicidade e marketing do meu editor — ele distribuiu milhares de exemplares para jornalistas, gente da mídia e vendedores de livros — deu o impulso necessário para que deslanchasse.

Mas nos feriados eu percebi que havia algo mais em jogo. O crescimento de Marley em meio à avalanche de lançamentos de fim de ano estava sendo alimentado em grande parte por uma contribuição fugaz — a propaganda boca-a-boca. Os donos das livrarias estavam recomendando meu livro aos seus clientes, os bibliotecários para os usuários e, o mais importante, os leitores o recomendavam aos seus amigos e familiares.

O comparecimento às tardes e noites de autógrafo estava aumentando exponencialmente: de 40 a 50 pessoas nas primeiras semanas, chegando até a 400 pessoas.

E elas começaram a aparecer com vários exemplares do meu livro nos braços. Em um evento em Chester County, pouco antes do Natal, autografei um exemplar para uma mulher que me procurou na semana seguinte para autografar outros 25 exemplares que ela tinha decidido dar de presente.

Na época em que participei do *The Early Show*, *Marley & Eu* ocupava o 3º lugar na lista do *Times*. Algumas semanas depois, eu estava na redação do *The Inquirer* no centro da cidade quando Mauro DiPreta, meu editor na William Morrow, me telefonou, como fazia todas as quartas-feiras à noite quando a relação dos livros mais vendidos era atualizada.

Mas esse telefonema foi diferente; ele estava falando pelo viva-voz, cercado por toda a equipe da editora. "Você está sentado?", ele perguntou. "Porque você acaba de chegar ao 1º lugar."

Tudo o que consegui dizer foi: "Uau!"

Fiquei igualmente sem palavras no final de janeiro, quando soube — pelo celular, pois estava em uma recepção com minha mulher no sul da Flórida — que a Fox Pictures havia comprado os direitos para o cinema. Coloquei minha mão no telefone e sussurrei para ela: "Você não vai acreditar — eles querem fazer um filme sobre nós".

Jenny, que havia generosamente permitido que eu revelasse os detalhes mais pessoais de sua vida no livro, apenas sorriu nervosamente.

A rotina da nossa vida estava mudando drasticamente. Eu estava escrevendo minha coluna para o *Inquirer* e comparecendo a um número cada vez maior de eventos. E iniciava meus projetos para escrever outro livro.

A ironia do meu sucesso não me passou despercebida — nem para minha família. Eu havia escrito um livro em que celebrava as alegrias simples da vida — e agora tínhamos muito pouco espaço para elas.

No início de março, eu me afastei do *The Inquirer* para viajar e promover o livro — Chicago, Seattle, Portland, São Francisco, Los Angeles, Jacksonville, Nova York, Washington. Jenny estava se sentindo como uma mãe solteira; nos telefonemas para casa, tinha a impressão de que meus filhos estavam tentando descobrir como se virar quando eu não estava por perto.

E, quando estava em casa, um desfilar permanente de gente da mídia estava sempre batendo na porta para entrevistas e fotos. A maioria fazia com que sentisse orgulho da minha profissão. Eram inteligentes, talentosos, agradáveis e sem preconceitos. Outros me faziam lembrar por que os repórteres nem sempre despertam simpatia ou confiança.

Em fevereiro, eu estava em Phoenix quando comecei a receber e-mails que diziam: “Você sabia que Howard Stern está falando de você em seu programa?”

Ah, não, eu pensei, isso não parece nada bom. Stern, com seus gracejos desbocados e bombásticos, era a última pessoa que imaginei pudesse prestar atenção ao meu livro.

Mas lá estava ele, em seu programa de rádio durante três dias consecutivos, contando a história de como tinha lido o final de *Marley & Eu* enquanto viajava de avião, e de como tinha chorado a ponto de a aeromoça vir perguntar se ele precisava de ajuda.

Ele disse aos seus ouvintes que pretendia me escrever uma carta para dizer o quanto o livro havia significado para ele. Eu pensei que estivesse falando por falar, mas uma semana depois, recebi uma carta de quatro páginas escritas a mão por Stern, e era muito amável. Sensível e afetuosa. Agora sei algo de que suspeitava há muito tempo — que as pessoas têm mais do que às vezes deixam transparecer, e que os contestadores podem fazer mais do que apenas chocar.

O que mais gosto nessas viagens são as pessoas que encontro pelo caminho. Algumas são celebridades, como Diane Sawyer, que me entrevistou no *Good Morning America*, da rede ABC de televisão, e Anderson Cooper, que conheci em uma festa uma semana antes de seu livro tirar o meu do primeiro lugar. Mas a maioria das pessoas que encontro são leitores comuns, de cidades próximas como Ardmore, e de países tão distantes quanto a Austrália, e muitos deles hoje são como amigos queridos da família.

Eles formaram uma espécie de fraternidade Marley, trocando fotos e histórias no site marleyandme.com e fazendo amizade uns com os outros enquanto esperam na fila em sessões de autógrafos. Alguns me enviam poemas, outros gravam canções, alguns preparam guloseimas para nosso novo labrador, Gracie. Em Denver, 180 estranhos cantaram "Parabéns!" para mim.

Uma artista amadora me enviou um lindo retrato emoldurado do Marley, que ela pintou com óleo sobre tela, e que está pendurado no meu quarto.

Todas as manhãs, olho para sua imagem me fitando e apenas sorrio ante o pensamento bizarro de que meu cão sentimental e incorrigível agora se tornou um nome familiar, não apenas nos Estados Unidos mas, com a publicação de Marley em 24 línguas, em todo o mundo.

Quando estava de licença do *The Inquirer*, muitos leitores escreveram para me perguntar se estava fazendo a coisa certa. Tenho que admitir, pensei muito a respeito disso. Mas eu adoro jornais, esse em especial. Adoro escrever minha coluna e, acima de tudo, adoro os leitores que acompanham e respondem ao meu trabalho.

Após a publicação da minha primeira coluna ao voltar, fui recebido por uma avalanche de mensagens como esta: "Oi, Grogan! Seja bem-vindo. Agora, ao trabalho!"

Sim, não existe outro lugar como a Filadélfia.

Em casa, o sucesso tem sido uma dádiva incompreensível, como a maioria das coisas na vida, mas com os inevitáveis dilemas.

Meus filhos, de 14 e 12 anos, como a maioria dos adolescentes, adoram o anonimato. O livro privou-os da confortável invisibilidade, e muitas vezes eles acabam brigando com a notoriedade. Muitos dos colegas de classe, e praticamente todos os professores, leram o livro. As pessoas vêm falar com eles nos eventos da escola para fazer perguntas, e eles se sentem desconfortáveis com isso.

Eu não posso protegê-los disso, mas Jenny e eu decidimos não fazer grandes mudanças em nossas vidas. Pretendemos ficar onde estamos. Nossa casa é nosso lar (embora talvez acrescentemos a nova cozinha que tanto desejamos), nossos vizinhos, nossos amigos, a escola, o mundo dos nossos filhos. Além disso, não consigo imaginar outro lugar para viver.

Sempre celebrei a simplicidade frugal. Sou aquele sujeito que conserta utensílios quebrados, que lava o próprio carro em vez de gastar dinheiro no lava-rápido, e que está sempre atrás de uma pechincha em liquidações. A renda com a venda do livro e dos direitos de filmagem é algo com que nunca sonhamos e algo com que vamos demorar a nos acostumar.

Eu comprei um carro melhor, paguei algumas dívidas, comprei para Jenny o piano que ela sempre quis, e me esbaldei com uma viagem de férias para a família em Florida Keys. Mas queremos investir para o futuro — e compartilhar um pouco com os menos afortunados. Quem poderia imaginar que aquele nosso cachorro tonto e orelhudo iria garantir a faculdade para os nossos três filhos e nos proporcionar pé-de-meia para uma aposentadoria tranqüila? Bom cachorro, o Marley!

No que diz respeito aos meus filhos, toda essa algazarra poderia acabar a qualquer momento.

Há pouco tempo, estava colocando minha filha de 9 anos na cama para dormir depois de dez dias viajando, quando ela olhou para mim e disse sem um pingo de tristeza:

— Sabe de uma coisa, papai? Acho que estou preparada para ver você fora da lista de autores mais vendidos.

— Está mesmo? — eu perguntei.

— Assim você voltaria a ficar mais tempo em casa.

Recuei um pouquinho e prometi a ela que iria aprender a dizer não. Depois disse a ela que nós éramos como surfistas pegando uma onda gigantesca.

— É uma sensação incrível, querida — eu disse, prendendo o cobertor em volta dela. — Mas logo estaremos de volta à praia.

17 DE JULHO DE 2006

UMA JORNADA ATÉ O PÓLO NORTE, PELO MELHOR AMIGO

Às vezes um cão é mais do que um animal de estimação. Pode ser uma alegria nas épocas boas, um conforto nas difíceis, um amigo incondicional sempre. Aqueles verdadeiramente especiais podem mudar a vida de uma pessoa. Alguns podem levá-la ao Pólo Norte.

Para Barry Greenberg, esse cão se chamava Kunitz.

Durante 11 anos, o robusto e inteligente husky siberiano ficou ao lado de Greenberg enfrentando os altos e baixos da vida. Kunitz esteve presente durante o divórcio e as mudanças na carreira. Estava lá quando seu dono recomeçou a vida e reencontrou o amor novamente.

Durante a maior parte da vida de Kunitz, Greenberg, que hoje mora em Quebec, viveu e trabalhou em West Chester como pesquisador em biotecnologia.

Greenberg nunca foi de celebrar o inverno, mas o amor que aquele animal orgulhoso de sua linhagem ártica sentia pela neve mudou isso. Greenberg começou a sair diariamente com ele para caminhar pelo Brandywine Creek State Park, que ficava perto de sua casa, e logo passou a sentir o que chamava de "luxúria invernal" de seu cachorro.

Não demorou muito para que o pesquisador da doença de Alzheimer começasse a sonhar com o que os huskies se ocupam durante a vida: puxar cargas pesadas pelas paisagens brancas congeladas.

Greenberg fez sua primeira expedição em um trenó puxado por cães em 1996, no norte do Minnesota, aos 40 anos. Mais sete viagens viriam em seguida — e seu segundo casamento aconteceria em cima de um trenó em meio à paisagem congelada do Minnesota.

— Kunitz — ele me contou na semana passada — foi meu melhor amigo durante muito tempo, esteve ao meu lado em alguns dos grandes desafios da vida.

Em 2002, enquanto Greenberg estava na Suécia participando de uma conferência, ele recebeu um telefonema de sua casa em Wilmington contando que seu adorado husky tinha sofrido um ataque e morrera. "Não pude me despedir", ele disse.

Greenberg espalhou um pouco das cinzas de Kunitz no parque estadual onde o husky adorava aprontar. Mas guardou um pouco por causa de um sonho que tinha em mente — viajar um dia de trenó de cães até o topo da Terra e soltálas sobre a imensidão gelada onde o espírito dos huskies nunca morre.

Em abril deste ano, o sonho de Greenberg se tornou realidade. Ele participou de uma expedição conduzida por seu mentor, Paul Schurke, veterano aventureiro do Ártico. O grupo viajou de avião até a Noruega, onde se equipou com cães, trenós e suprimentos. Depois pegaram outro avião para ir até um campo de pesquisas russo, a um grau do Pólo Norte. O grupo então pegou um helicóptero com os cães, os trenós e os suprimentos e chegou a quase 200 quilômetros do pólo, iniciando um trecho árduo de 11 dias. Com temperaturas muito abaixo de zero durante todo o caminho, a expedição enfrentou ventos fortes, subidas íngremes, tempestades e gelo fino e traiçoeiro.

No final de cada dia, o grupo de nove pessoas, com quatro trenós e 32 cães, dormia em barracas sobre o gelo.

Em sua mochila, Greenberg levava a coleira de couro de Kunitz e um pequeno frasco de plástico com as cinzas do cachorro. No último dia, 25 de abril, ele deixou a coleira pendurada no lado de fora de sua mochila, fazendo um barulho enquanto caminhava, dando-lhe uma estranha sensação de paz, como se Kunitz estivesse andando ao seu lado.

O grupo chegou ao Pólo Norte às 6 da tarde, e imediatamente Greenberg se desincumbiu da tarefa que o trouxera até ali. Caminhou alguns passos para longe de seus camaradas, ajoelhou-se e com uma faca abriu o frasco. Uma forte rajada de vento espalhou as cinzas quase que instantaneamente.

— Estou cumprindo a promessa que fiz a você, Kunitz — ele murmurou. — Você era um bom rapaz. Sempre será.

E então Greenberg agradeceu. Pelo companheirismo e lealdade, pela intuição e empatia canina. Pelo jeito bobo como uivava sempre que ouvia alguém cantando "Parabéns a você", e só essa música.

Agradeceu ao cão por ajudá-lo a encontrar uma nova vida e uma nova esposa, e por colocá-lo no caminho que o levaria à aventura de sua vida.

Ali no Ártico de temperaturas subzero, com lágrimas imprevistas umedecendo seus olhos, ele viu tudo claramente, a maneira como um animal pode enriquecer e aprofundar a experiência humana, sempre de forma inesperada e misteriosa.

— Obrigado, Kunitz — ele disse.

2 DE OUTUBRO DE 2006

Aposta no Alfa: também funcionará com os membros

As palavras do encantador influenciam a vida doméstica dos donos de um cão problemático

Confesso que revirei os olhos quando Jenny, minha esposa, me disse que um Encantador de Cães viria até nossa casa para nos ajudar a melhorar nossa relação com nosso animal de estimação.

Eu acho que tenho uma relação muito boa com eles. Meus bichinhos passam por cima de mim e eu suporto tudo com muita paciência. Você vê algum problema nisso?

Além disso, parecia que esse encantador estava chegando um pouco tarde.

Afinal, nosso célebre labrador retriever de péssimos hábitos, o Marley, destruidor de sofás e produtor de baba, havia partido há muito tempo para a grande escola de obediência no céu. Sua substituta, uma fêmea tímida e tranqüila chamada Gracie, é tão boa que chega a ser chata.

— Hummm, será que ele tem algum encantamento para mim? — eu perguntei.

Cesar Millan veio do México e ficou famoso por sua capacidade de mudar até os cães mais problemáticos e perturbados. Atualmente, ele apresenta um programa bastante popular no canal National Geographic, *Dog Whisperer*, e seu livro sobre o comportamento dos cães, *Cesar´s Way*, está entre os mais vendidos.

Sua mensagem é que em geral não são os cães que precisam ajustar seu comportamento, mas os humanos que cuidam deles. Os cães, como muitos seres humanos, são discípulos naturais, mas só seguirão um líder forte e confiante. É só pensar no presidente Roosevelt, depois do ataque a Pearl Harbor, ou no prefeito Giuliani, depois dos ataques terroristas de 11 de setembro.

A missão de Millan nesta vida é infundir essas qualidades de liderança nos donos de cães. Ele chama isso de "assertividade calma". Os verdadeiros líderes, ele argumenta, não gritam ou perdem o controle; calma e tranqüilamente, afirmam sua vontade sobre os outros.

Não na nossa casa. Nossos bichos acreditam que vivem em uma democracia, e que têm igualdade de direitos.

Certo dia, depois de assistir ao programa, Jenny teve um de seus momentos "por que não?" e enviou um e-mail para os produtores de Millan. É claro que eles adoraram a idéia de ter o maior especialista em comportamento de cães dos Estados Unidos trabalhando com os donos do cão problemático mais conhecido na época. (Meus pais ficariam tão orgulhosos.) Ou, como eles disseram, "a família do Marley".

Na semana passada, Millan e sua equipe de sete pessoas chegaram para a segunda de duas visitas.

Durante a primeira visita, em agosto, Millan observou que Gracie, apesar de naturalmente bem-comportada, ficava andando sem objetivo, tentando encontrar seu caminho no mundo sem a ajuda de alguém que se colocasse claramente como líder do grupo.

— Você tem a confiança e a afeição — ele disse —, mas não o respeito.

Hei, igualzinho aos meus filhos!

Em poucos minutos, e sem que precisasse sequer erguer a mão ou a voz, Gracie estava se curvando diante dele. Ele passou a maior parte do tempo nos ensinando a exercer a assertividade alfa. Nosso cão olhava para mim como se dissesse: se você é o líder do grupo, eu sou a Madonna.

Quando Millan voltou, na semana passada, Gracie parecia estar nos tratando com mais respeito. Vinha quando nós a chamávamos, e sentava junto à porta esperando nossa permissão para se movimentar. O encantador de cães ficou encantado.

Quanto mais Millan falava sobre os métodos infalíveis para controlar os cães e conquistar seu respeito, tanto mais eu pensava comigo mesmo: esqueça o cachorro; estou tentando essas coisas com as crianças!

Como pais, não podemos colocar coleiras de choque em nossos filhos e acioná-las todas as vezes que eles se comportarem mal; mas, e se usássemos algumas das técnicas que Millan usa com os animais?

E se aplicássemos essas técnicas sensatas de liderança calma, afirmativa? E se esquecêssemos essa coisa de ser colegas de nossos filhos e nos concentrássemos na tarefa de ser... pais?

No final do dia, enquanto tomávamos uma cerveja, eu meio que brinquei: "O que você acha de vir morar conosco e ser nosso Encantador de Adolescentes?"

Millan riu, e depois revelou que recebe inúmeras cartas e e-mails de pais pedindo exatamente isso.

Com seus próprios filhos, de 12 e 7 anos, ele disse que segue uma filosofia semelhante. Dá a eles uma série de tarefas e exercícios para queimar o excesso de energia e procura tomar cuidado para não recompensar inadvertidamente o mau comportamento — mesmo quando é engraçadinho.

Pensa duas vezes antes de promulgar uma ordem. Uma vez promulgada, não há espaço para dúvidas. As crianças, como os cães, têm um radar para a fraqueza e a exploram.

Como ocorre com os cães, ele acredita que um corretivo firme, inesquecível, vale mais que um milhão de ameaças. Em outras palavras, quando você diz não, é melhor ter certeza. E manter-se firme.

É fácil entender os cães; as crianças, especialmente as suas, são outro assunto. Mesmo assim, quando Millan e sua equipe deixaram nossa casa naquele dia, eu me senti estranhamente imbuído de autoridade nas duas questões.

Gracie olhou para mim como se dissesse: "Enfim nos livramos! Agora podemos voltar ao normal". Meus três filhos pareciam estar pensando a mesma coisa.

Dirigi o olhar para a cachorra, depois para as crianças, e pratiquei meu melhor olhar de confiança tranqüila. Quase consegui ouvir Millan sussurrar: acredite em si mesmo e eles também acreditarão.

— Não tão depressa — eu disse.

29 DE DEZEMBRO DE 2006

Esqueça a arma, tente a segurança de quatro patas

Quando o seqüestrador entrou no quarto de Laura Staples, 8 anos, naquela noite de domingo em 1998, esqueceu de levar em consideração um ponto importante.

A casa dos Staples em Hatboro estava equipada com uma arma secreta muito poderosa e preparada para evitar exatamente esse tipo de crime. Uma arma com potencial para matar, mas com a garantia de nunca ferir acidentalmente um membro da família.

A arma não era um revólver ou espingarda ou mesmo um obus. Não atendia pelo nome de Glock ou Colt ou Ruger.

Atendia pelo nome de Rocky: um cão rhodesian ridgeback com cerca de 50 quilos de músculos poderosos.

O intruso sacou uma faca e cobriu a boca de Laura com a mão, enquanto os pais da menina, Michael e Joan, dormiam no quarto ao lado. "Ela tentou resistir, mas aquele homem horrendo a dominou e começou a descer as escadas com ela", disse seu pai na semana passada.

Enquanto lutava inutilmente com o agressor, seu pé derrubou uma foto da parede.

O barulho não foi suficiente para acordar seus pais, mas acordou Rocky, que estava dormindo no terceiro andar — onde não deveria estar — com a irmã mais velha de Laura, Megan.

O cão desceu correndo as escadas, com os dentes arreganhados, e deu o bote. "O sujeito tentou usar Laura como escudo, mas Rocky foi mais esperto", lembrou Michael Staples. "Mordeu o canalha como pôde."

Prova irrefutável

O invasor soltou Laura e correu para a porta. Rocky o perseguiu e agarrou o braço do homem com suas mandíbulas, deixando uma ferida pavorosa que os investigadores depois usaram para incriminar um suspeito preso nas redondezas.

A essa altura, os gritos de Laura tomaram conta da casa. E seu pai surgiu correndo escada abaixo com uma arma que mantinha guardada para proteger a casa. O mau elemento já havia ido embora, o que era uma coisa boa, Staples percebeu.

A adrenalina estava a mil, o coração disparara, as têmporas latejavam. Só se ouviam os gritos, a confusão era generalizada. Em questão de segundos, tinha saído do sono profundo e estava tentando entender um crime não consumado, que poderia ter abalado sua família para sempre. Staples, caçador experiente e entusiasta do tiro, não estava em condições de tomar qualquer decisão que significasse uma questão de vida ou morte tendo uma arma carregada nas mãos.

— Eu estava fora do meu corpo. Eu não era Mike Staples. Era o Hulk. Eu não teria dúvida em estourar a cabeça de alguém — disse o pai.

Até hoje, ele treme só de pensar no que poderia ter acontecido se ele, e não Rocky, tivesse encarado o seqüestrador na escada, ele segurando uma arma, o sujeito segurando Laura.

— Se eu me metesse na confusão com a arma, coisas ruins poderiam ter acontecido — ele disse. — Quando você dá com um cachorro de 50 quilos descendo as escadas na sua direção, não há negociação possível.

Gratidão eterna

Passaram-se oito anos desde aquela noite terrível. Frankie Burton, o pedófilo, foi condenado pela tentativa de seqüestro e enviado para a prisão, onde cumprirá uma pena de 42 a 118 anos. Laura, agora com 16 anos, irá fazer o colegial na Hatboro-Horsham High School, onde integra a equipe de corrida *cross-country*. Depois de anos de terapia, as feridas psicológicas estão desaparecendo lentamente.

Rocky, um encrenqueiro incorrigível, que em mais de uma ocasião foi trazido de volta para casa no banco de um carro de polícia depois de sumir para namorar as fêmeas de Hatboro, ganhou jantares com filés, um desfile, e o prêmio National Dog Hero 2000, conferido pela Sociedade para a Prevenção da Crueldade com os Animais de Los Angeles.

E o que é mais importante: conquistou a gratidão eterna de sua família.

Três anos atrás, os veterinários diagnosticaram um câncer em Rocky. Ele morreu na noite de 12 de maio de 2004, véspera de seu nono aniversário.

— A sensação de perda foi algo inconcebível — disse Staples. — Esse cão salvou a nossa família. Não existem palavras para expressar a emoção ou a dor.

Os Staples agora têm outro garoto encrenqueiro. Seu nome é Júnior, e normalmente pode ser encontrado dormindo aos pés de Laura.

Staples é um esportista que se sente à vontade com armas. Mas acha que a experiência de sua família serve de lição para aqueles que estão pensando em comprar uma arma para proteger a casa.

— Pensei muito nessa questão das armas — ele disse. — Depois desse episódio, simplesmente tranquei a minha. As armas não funcionam em uma casa. Um cachorro é realmente a melhor coisa. E é por isso que digo a todo mundo que conheço: não adquira uma arma, arranje um cachorro.

Família

24 DE JANEIRO DE 2003

GAROTA SURDA DÁ LIÇÃO DE CORAGEM

Caitlin Reel tinha apenas 6 meses quando sua mãe percebeu que havia alguma coisa errada.

O bebê não reagia a vozes ou sons, nem mesmo ao estalo de mãos batendo. Os médicos disseram a Luann Reel para não se preocupar. O bebê estava bem.

Mas a mãe não desistiu, e quando os médicos finalmente fizeram testes de audição em Caitlin um ano depois, confirmaram seus temores.

Caitlin estava vivendo em um mundo de silêncio. Ela era completamente surda.

Corta. Dez anos depois, estamos na última semana de aula da escola fundamental Shady Grove, em Ambler. O ginásio tomado de gente para o concerto de inverno.

Ryan Dankanich, o professor de música, pega o microfone e anuncia para a platéia que eles vão ouvir uma "violinista muito especial". A única dica a respeito do fato de essa estudante ter trilhado uma árdua jornada é quando ele diz: "Procurem aplaudir bem alto".

E então Caitlin adentra o palco, aos 11 anos, o bebê surdo que nunca aprendeu a desistir. Ela coloca o violino sob o queixo e respira profundamente.

Na platéia, Luann, a mãe orgulhosa, com a filmadora a postos. Suas mãos estão tremendo.

— Eu estava bastante preocupada — ela disse depois, na casa da família em Parkside, no município de Delaware. — Ela havia transposto muitas barreiras para chegar até ali. Eu não queria que alguma coisa desagradável saísse daquele violino.

Uma luta longa e difícil

Que longo caminho tinha sido aquele. Desde que nascera, sua filha fora alvo de fofocas, as pessoas a encaravam, era uma criança incompreendida e erroneamente rotulada — até por um professor — de retardada mental.

Caitlin decidiu provar que estavam todos errados. Ela aprendeu a linguagem dos sinais e rudimentos da fala. Recebeu um implante coclear, o que permitiu que ouvisse alguns sons. A última grande realização ocorreu no último outono, quando conseguiu pedir sozinha um Big Mac e fritas.

Enquanto seu irmão, Jared, 9 anos, anda dois quarteirões para chegar à escola, Caitlin leva 45 minutos ou mais. Ela vai de ônibus até a Shady Grove Elementary School, que tem um programa para alunos com problemas de audição patrocinado pela Unidade Intermediária de Educação do Município de Montgomery.

Caitlin reparou que alguns alunos do seu curso carregavam instrumentos musicais e disse que também queria tocar. Assim, apesar de todas as dificuldades, ela começou a fazer aulas de violino.

— Foi preciso muita concentração e perseverança para chegar até onde ela chegou — disse Melanie Stefanatos, professora de Caitlin no curso especial.

E o concerto da semana passada foi sua chance de mostrar ao mundo.

A platéia ficou em silêncio. Caitlin correu o arco pelas cordas. E então ouviu-se... música. Lenta, doce e firme — com a sincronização segura. Ela tocou "Mary Had a Little Lamb" e "Twinkle, Twinkle Little Star".

Sua mãe precisou lutar para conter as lágrimas.

— Eu sei que ela não está tocando Tchaikovsky — disse Luann Reel, que é divorciada. — Mas é a minha filhinha surda, e está tocando violino.

Uma façanha incrível

Para a maioria das crianças, essa breve apresentação seria apenas mais um daqueles momentos que ficam registrados por uma foto ao longo do caminho para a vida adulta. Para Caitlin, representava um salto hercúleo. Para tocar aquelas poucas notas, ela precisou superar mais obstáculos do que a maioria de nós irá enfrentar ao longo de toda uma vida.

Como disse Dankanich, o professor de música: "É simplesmente uma façanha incrível o fato de ela ter conseguido".

É pouco provável que Caitlin se torne uma musicista famosa. Ela não precisa. O violino já lhe ensinou o que é coragem, fé e perseverança.

Uma menina sem audição dedicou-se a um instrumento que tem tudo que ver com audição, e não desistiu. Ela aprendeu que, para aqueles que são determinados, até mesmo as montanhas mais íngremes podem ser escaladas, com um passo de cada vez.

Terminada a apresentação, Caitlin deixa o palco correndo. A diretora Beth Pearson dirige-se à platéia de 500 pessoas e conta a verdade a respeito de Caitlin — que ela é uma das sete crianças surdas da escola.

A platéia exprime sua aprovação com espanto — num volume suficientemente alto para que a própria Caitlin consiga ouvir os aplausos com seu implante coclear.

Atrás do palco, ela acena para sua mãe. "Estou tão feliz. Eles bateram palmas para mim. Eles bateram palmas para mim."

14 DE ABRIL DE 2003

ALIMENTO PARA O PENSAMENTO NA EDUCAÇÃO INFANTIL

O livro chegou sem qualquer aviso envolto em papel pardo.

Na capa, a fotografia de uma linda menina embaixo do título *Too Much of a Good Thing: Raising Children of Character in an Indulgent Age* ("Muito de uma Coisa Boa: Criando Crianças de Caráter em uma Era de Condescendência").

Hummm. Alguém estava querendo me dizer alguma coisa?

Um bilhete dentro do livro resolveu o mistério. Era de um velho amigo do colegial, tão bem-sucedido em sua carreira de consultor financeiro, que conseguiu se aposentar aos 45 anos.

Do jeito que os meus investimentos estão indo, acho que vou ter que trabalhar até os 95. Fora isso, temos muita coisa em comum.

Nós temos dois meninos e uma menina da mesma faixa etária. Moramos em bairros de subúrbio agradáveis com boas escolas, onde a maioria das crianças cresce acreditando que Deus lhes concedeu o direito de viver em um espaço mínimo de 900 metros quadrados com ar condicionado.

Nós dois nos preocupamos com o efeito de todo esse conforto sobre as nossas crianças. Nada nos mete mais medo do que a terrível palavra: mimada.

E assim ele me mandou o livro, com a seguinte advertência: "não que você precise disso". Pro inferno, que não! Minha idéia de amor durão é dizer não três vezes antes de ceder.

O livro, do professor de psicologia de Harvard Dan Kindlon, foi publicado há alguns anos e alerta para o óbvio: os perigos de darmos mais atenção às nossas carreiras do que às nossas crianças, de darmos mais valor à riqueza do que aos relacionamentos, de sermos indulgentes sem atentar para as conseqüências.

Ou, com diz Kindlon, "dar demais e esperar de menos".

Comendo

O livro está cheio de anedotas sobre pais que fazem tudo errado para conquistar o amor de seus filhos — até mesmo contratar advogados para ajudá-los a evitar as conseqüências de suas más ações. (Lembram do caso do aluno da Chestnut Hill Academy, na Filadélfia, cujos pais contrataram um advogado para evitar a merecida expulsão por ter filmado às escondidas uma colega?)

O que diferencia este livro de tantos outros cheios de bobagens a respeito de como educar é a sólida pesquisa. Um fato chamou minha atenção: a correlação entre refeições familiares e crianças normais.

A pesquisa de Kindlon e vários outros estudos chegam às mesmas conclusões: as famílias que se reúnem para fazer a maioria das refeições, quer dizer, com o papai à mesa, têm crianças muito menos propensas a ter problemas com drogas, depressão, promiscuidade e baixo desempenho.

Isso é fácil de deduzir. Mas tenho que admitir que as longas horas de trabalho e viagens têm conspirado ultimamente para me manter distante da mesa de jantar na maioria das vezes.

Na semana passada, encontrei Kindlon em sua casa em Boston, durante uma parada nas viagens que está fazendo para divulgar seu novo livro, *Tough Times, Strong Children* ("Tempos Difíceis, Crianças mais Fortes"), e disparei a pergunta: é tão fácil assim?

Em uma palavra: sim. Sentar com a família, mesmo que seja para comer pizza de microondas, é uma forma de restabelecer os laços, permanecer unidos, compartilhar, disse Kindlon. Dá estrutura, segurança e equilibra as influências negativas da cultura popular e das más amizades.

Ei, e você precisa comer! Eu topo.

Contra-atacando

— Basicamente, as crianças se metem muito mais em encrencas quando estão com amigos do que quando estão sozinhas — ele disse. — Por isso, quando você permite que os colegas tenham mais influência do que a família, está contribuindo para aumentar os riscos que o seu filho corre. Esses jantares em família são um momento para lembrar à criança: é nisto que acreditamos, esta é a nossa visão de mundo.

Mas, por que o jantar? Será que um passeio em família não teria o mesmo efeito? Talvez, mas Kindlon acredita que a comida em si tem um efeito que cura.

— Alimentar as crianças, educá-los, é essa a tarefa dos pais — disse o professor. — Existe algo de primordial no fato de os pais darem alimento aos seus filhos que sedimenta o vínculo.

Eu também conversei com William Lessa, superintendente do Distrito Escolar de Hatboro-Horsham, que irá falar amanhã sobre a importância dos pais no Parenting Center, em Abington.

Lessa concorda que as refeições familiares são o segredo.

— Em nossa família, o jantar era sagrado — disse o pai de duas crianças. — Crianças precisam de alimento. Também precisam de orientação; precisam de estrutura; precisam de amor. Tudo isso pode ser oferecido em torno da mesa de jantar.

Então, tragam a lasanha. Esta noite, eu juro, vou terminar o trabalho mais cedo e ocupar o meu lugar junto à minha família — em volta da mesa de jantar.

21 DE ABRIL DE 2003

Filadélfia na primavera e estacionamento grátis!

Algumas férias simplesmente não têm que acontecer. A viagem da família na primavera, aguardada há tanto tempo, era um desses casos.

Nós planejávamos ir de carro até Williamsburg, na Virgínia, onde pretendíamos passar cinco dias juntos, reunidos naquele tipo de encontro familiar que só é possível quando se amontoam cinco pessoas em um quarto de hotel. Pretendíamos visitar os locais históricos, comer nos restaurantes coloniais, comprar lembranças típicas e nadar na piscina coberta do hotel.

Isso era o que havíamos planejado.

Um bichinho amigável conhecido como rotavírus tinha outros planos. Primeiro, ele se instalou no meu filho mais velho, e depois na minha filha. Depois na minha mulher. E aí, pessoal? O que estão achando das férias?

De acordo com o Centro de Controle e Prevenção de Doenças, o rotavírus mata 600 mil crianças todos os anos em todo o mundo, a maioria em função da desidratação causada pelo vômito e pela diarréia incessantes. Nos Estados Unidos, 55 mil crianças são hospitalizadas todos os anos para receber soro.

Duas dessas crianças eram meus filhos. Não tinha nada que ver com a Disneylândia, mas o hospital distribuiu cestas de Páscoa.

Nós permanecemos no estado de negação enquanto pudemos, cancelando a reserva do hotel aos poucos, uma noite de cada vez.

Quando chegou o fim de semana, com os pacientes descansando confortavelmente na Clínica Ebola Grogan, minha única criança saudável e eu decidimos salvar o que nos restava das nossas férias fracassadas. — Pegue um casaco — eu disse. — Nós vamos para a Filadélfia.

Estive lá, fiz isso

— Você não vai me levar pra ver de novo o Sino da Liberdade, vai? — perguntou desconfiado o meu filho de 9 anos. Eu balancei a cabeça.

— Promete?

— Prometo.

E lá fomos nós — levando maçãs, garrafas de água e bicicletas.

Às 10 da manhã estacionamos na Kelly Drive. O dia estava perfeito, como costumam ser os dias de abril, o ar fresco, as cerejeiras e pereiras gloriosamente floridas.

Em Fairmount Park nós contamos os gaviões e escalamos algumas pedras. Ficamos com os pés pendurados sobre as águas do rio Shuylkill e acenamos para as equipes de remo.

Fomos para o norte, pedalando ao longo do rio, e depois voltamos. Você acha perigosa a Insterstate 95? Então experimente andar de bicicleta pela Kelly Drive em um lindo domingo de primavera.

Parecia que a cidade inteira estava ali, apreciando a manhã. Precisamos desviar de patinadores em alta velocidade, casais passeando, crianças correndo, cachorros metidos e ciclistas ziguezagueando.

O mais difícil era desviar dos inúmeros corredores, todos atléticos, com corpos lindamente esculpidos, de todos os tons e com dentes maravilhosos. Devo agradecer a eles por ter me sentido apenas um pouquinho mais velho do que Tutankhamon.

Acabamos indo até o Museu de Arte da Filadélfia, onde havia um grupo tocando perto da escadaria da frente.

— Vamos lá — eu disse. — Vamos subir as escadas depressa, como no filme.

— Ãhn, que filme?

Essas crianças de hoje — não têm cultura.

Pra cima e pra longe

De qualquer forma, subimos as escadas correndo, enquanto eu cantava a música tema de *Rocky* (acho que isso deve ser o tipo de coisa que ninguém tentou fazer antes).

Lá do alto, admiramos a silhueta dos edifícios dessa Cidade do Amor Fraternal tão querida em nossos corações. Resolvi gritar, e disse a primeira coisa que me veio à cabeça: "Hei! Devolvam nossas bicicletas!"

Brincadeirinha. As bicicletas, sem correntes, continuavam onde as tínhamos deixado.

Sentamos na beira da calçada e comemos *hot dogs* semipetrificados — eu tinha certeza de que estavam girando no grill do balcão desde a administração anterior.

— Papai, este é o melhor *hot dog* que eu já comi na vida — disse o meu filho, todo empolgado.

Enfiamos nossas cabeças no interior das mandíbulas de um dinossauro na Academia de Ciências Naturais, nos maravilhamos com os hábitos higiênicos dos cavalos parados à espera das pessoas que faziam os passeios de charrete pelo bairro histórico, perambulamos pela Betsy Ross House, onde o papai conseguiu resistir à cama da viúva Lightgow para tirar uma pestana.

O melhor de tudo foi que conseguimos estacionar de graça na Arch Street.

— Filho —, eu disse solenemente, quero que você pare e reflita sobre este momento. É bem provável que nunca mais se repita em toda a sua vida.

E assim foram nossas miniférias na Filadélfia. Viemos, comemos comida ruim, evitamos colisões com transeuntes — e ninguém ficou doente. Tudo somado, não foi um modo ruim de passar um adorável dia de primavera.

10 DE JUNHO DE 2003

Um curso de reciclagem para os pais em *Parenting 101*

Bom dia, classe, e bem-vindos ao *Parenting 101*.

O objetivo deste curso de reciclagem é reforçar algumas das habilidades básicas que nós como pais precisamos desenvolver para criar crianças estáveis, que irão crescer e se tornar algo diferente de um residente das nossas ótimas penitenciárias locais.

Desde já peço desculpas caso alguns dos pontos abordados pareçam exageradamente óbvios. Porém, a recente avalanche de coisas que não se deve fazer em se tratando da formação de crianças nos mostrou que nessa área o melhor é nunca aceitar nada como ponto pacífico.

Por exemplo, na dúvida, não esmurrem — eu repito, não esmurrem — o treinador do time de futebol infantil do seu filho. Eu sei que todos os outros pais estão fazendo isso, mas repita para si mesmo: "Eu devo dar o exemplo. Eu devo dar o exemplo".

Quando os colegas de classe do seu filho de 14 anos vêm passar a noite na sua casa, a pergunta apropriada não é: "Vocês tomam caipirinha com pinga ou vodca?"

O curso de hoje irá usar acontecimentos reais da nossa região para ilustrar o que se deve e o que não se deve fazer na educação de crianças. Então vamos começar.

Notícias da vida real: na Filadélfia, uma mulher de 29 anos foi considerada culpada por ter deixado seu filho de 4 meses no carro enquanto fazia compras. Em Evesham, uma mulher de 31 anos foi condenada por ter deixado duas crianças em um carro por mais de uma hora enquanto fazia uma entrevista de emprego.

Dica do *Parenting 101*: sugerimos que procurem uma agência, ou entrem em contato direto com pessoas especializadas, e utilizem um serviço, normalmente pago por hora, realizado na sua própria casa, que consiste em cuidar dos seus filhos enquanto vocês estiverem fora. As pessoas que trabalham cuidando de crianças são chamadas de babás.

Notícia da vida real: um pai e seu filho de 19 anos, depois de perseguidos e presos, foram condenados por terem arrombado várias residências.

Dica do *Parenting 101*: quando enfatizamos a necessidade de aproveitar as oportunidades para estreitar os laços entre pais e filhos, estamos pensando mais em algo como um jogo de futebol ou pescarias no fim de semana.

Notícias da vida real: no sul da Filadélfia, uma mulher foi acusada de ter usado fita adesiva para cobrir a boca de seu filho de 7 meses porque ele estava chorando demais. Outra mulher foi acusada de ter amarrado os dois filhos adotivos e seu filho biológico com fita adesiva, enquanto seu marido fotografava as crianças amarradas.

O que diz o *Parenting 101*: sim, é verdade que as crianças precisam de limites. E é verdade que as fitas adesivas são úteis. Mas é melhor pensar nessas coisas separadamente.

Notícia da vida real: a polícia informou que uma criança de 7 anos assumiu o volante do carro da família pela Blue Route no ano passado rodando a uma velocidade que ia de 8 a 80 km/h, enquanto sua mãe alcoolizada acionava os pedais do freio e do acelerador.

Dica do *Parenting 101*: quando falamos em "piloto da vez", estamos pensando em alguém com idade suficiente para conseguir enxergar através do pára-brisa. Já ouviu falar de uma coisa chamada táxi, madame?

Notícia da vida real: Ebony Smith, 10 anos, deixou o hospital no mês passado, depois de ter se recuperado do tiro que levou na cabeça, em fevereiro, depois de uma briga de bolas de neve. A mãe de outra menina, que havia sido atingida por uma bola de neve, e seu noivo foram presos pelo atentado.

Dica do *Parenting 101*: eu não sei o que é mais assustador: o direito de portar uma arma ou o direito de ter filhos. Junte ambos e terá uma boa discussão em relação à liberação dos dois.

Notícia da vida real: uma mulher de Fort Washington está aguardando o julgamento pela acusação de apropriação indébita da quantia de 65 mil dólares pertencentes ao Horsham Hawks durante o período em que trabalhou como tesoureira do time de futebol da liga juvenil. Seu marido foi condenado por ter agredido outro pai, o presidente do Hawks, com um soco no nariz, durante uma discussão a respeito do sumiço do dinheiro.

Dica do *Parenting 101*: apesar de louvarmos o espírito do voluntariado, neste caso somos obrigados a chamar a atenção para o fato de que o desvio de recursos da escola de seu filho é um modo mais eficiente de roubar dinheiro dos seus filhos. E, caros papais, Mike Tyson talvez não seja o melhor exemplo para resolver discussões.

Finalmente, fomos informados de que há pais comprando bebidas alcoólicas e preservativos, e fazendo reservas em motéis para seus filhos menores de idade.

(Tudo em nome da diversão, certo?)

Papai e mamãe, sabemos que vocês querem ser os pais mais legais da Associação de Pais e Mestres. Mas, às vezes, um adulto precisa dizer não. Chato, não é?

Agora, vamos lá e tente.

Aula encerrada.

29 DE AGOSTO DE 2003

MENINA DE 4 ANOS OFERECE ESPERANÇA COM SEU MODO DE VIDA

Ontem, na Igreja de Nossa Senhora das Carmelitas, em Doylestown, havia um pequeno caixão branco na beira do altar, a tampa aberta revelando o corpo frágil de uma jovem lutadora.

Seu nome era Katie Ann Duffin, e ela teria feito 5 anos esta semana. Em vez disso, cerca de 300 pessoas se reuniram em um lindo dia de verão para se despedir dessa menina que enfrentou o câncer com uma bravura e otimismo raramente vistos em alguém da sua idade.

Durante toda a manhã, as pessoas continuaram chegando. Formavam uma fila e faziam uma longa e lenta procissão, recebendo cada uma delas um abraço dos pais de Katie, Paul e Terry Duffin, de Doylestown. Muitos dos que ali estavam haviam conhecido a menina. Outros jamais a tinham encontrado, mas sentiam que a conheciam.

Graças ao seu website — www.katieduffin.com —, que relatou fielmente, com notícias semanais, sua longa batalha contra o que ela chamava de bolha crescendo dentro dela.

Seu tio, Hugh Saunders, redigia o site como se fosse ela, captando seu espírito de luta. Começou como uma forma de manter os amigos a par dos progressos de seu tratamento, mas se transformou em algo maior. De todas as partes do país, muitos estranhos passaram a acessar o site a fim de acompanhar sua luta para sobreviver, e muitos deles deixavam mensagens de apoio em seu livro de visitas on-line.

A história de Katie começou seis meses depois do nascimento, no dia 23 de agosto de 1998, quando os médicos descobriram um tumor maligno do tamanho de uma bola de golfe debaixo do seu ombro esquerdo. Ela foi operada duas vezes e submetida a seis sessões de quimioterapia. Como diz seu diário: "Foi tudo maravilhoso até quatro anos depois".

Em março, a bolha voltou. E dessa vez tinha longos tentáculos que chegavam até sua coluna. E é a partir daí que começa o diário de Katie:

11 de março: "Os médicos disseram que a coisa do tamanho de uma bola de golfe voltou, perto do meu ombro e

pescoço. (...) Eles decidiram fazer duas cirurgias, uma por trás e outra pela frente".

22 de março: "Estou me sentindo bem e ontem até perguntei para a mamãe se poderia ir para a escola. Demorou um pouco para convencê-la, mas ela me deixou ir. Eu me diverti muito. Eu não vou deixar que essas coisas me derrubem".

6 de abril: "Amanhã é o grande dia. Os médicos vão me dar aquele "suco engraçado" de novo para me fazer dormir, e para eles poderem tirar o resto da bola de golfe do meu ombro".

7 de abril: "Ótimas notícias! (...) O Dr. Greg veio dizer à mamãe e ao papai que o líquido [raquidiano] está limpo — minha espinha não está com células ruins. Acho que desta vez mamãe e papai choraram porque estavam felizes, e isso me deixa feliz".

E assim continuam os registros, indo de notícias terríveis para trivialidades, passando por cirurgias e tratamentos com radioterapia e quimioterapia, náuseas e doses de morfina. E a voz de Katie sempre presente, a voz de uma pequena lutadora que se recusa a jogar a toalha.

23 de maio: "Eu disse [ao médico] que ele não está tratando de uma paciente comum. Eu sou Katie Duffin, uma máquina de luta magra e decidida".

Mas no início de julho, Katie não conseguia mais ingerir alimentos e passou a receber alimentação enteral. Sentia dores de cabeça constantes. "OK, pessoal, agora chegou a hora de realmente colocar o time em campo e rezar com o máximo de fervor que puderem", diz uma das entradas.

21 de julho, última entrada escrita em sua voz: "Definitivamente, continuo lutando".

A última entrada, assinada por seus pais e irmão mais velho, Paul Jr., foi escrita em 12 de agosto: "Olá para todos. Esta é a atualização que sabíamos que teria de ser feita, mas que não queríamos escrever. Hoje, às nove e meia da noite, Katie finalmente permitiu que um anjo a pegasse pela mão e lhe mostrasse o caminho do céu".

Na Missa de Réquiem realizada ontem, o padre Charles Hagan observou que a vida tão breve desta menina notável "tocou milhares de pessoas", muitas delas através de seu website. E a cada um deles ela ofereceu uma mensagem.

— Ela nunca, jamais, jamais deixou de ter esperança — disse o padre. — Esse é o legado que ela nos deixou.

19 DE SETEMBRO DE 2003

Uma amizade nascida da dor de duas mães

Local: SHANKSVILLE, Pensilvânia.

Na semana passada, enquanto eu admirava a paisagem perto dessa cidadezinha agrícola da Pensilvânia, onde caiu o Vôo 93 dois anos atrás, fui atraído por uma fotografia desbotada pelo sol.

Estava pendurada em um dos 40 anjos colocados ali para lembrar os passageiros e a tripulação do avião, todos mortos naquele dia. A foto é de uma mulher atraente, com cabelo preto brilhante, olhar luminoso e sorriso aberto.

Seu nome era Elizabeth Wainio. Tinha 27 anos e era gerente regional das lojas Discovery Channel em Watchung, Nova Jérsei. Ela estava indo para uma reunião de negócios em São Francisco quando sua vida terminou nesse campo, às dez horas e seis minutos da manhã de 11 de setembro de 2001.

Enquanto eu contemplava essa breve vida interrompida abruptamente, uma mulher mais velha se aproximou e colocou uma rosa vermelha sob a foto. Ela ficou ali parada durante um bom tempo.

Quando a mulher se virou para ir embora, eu perguntei:

— Você a conhecia?

A mulher pensou um pouco e depois disse:

— Não exatamente. Não enquanto estava viva.

E assim começou mais uma das inúmeras histórias não contadas que continuam a emergir das cinzas da tragédia do 11 de setembro.

É a história de duas mães de mundos muito diferentes — uma delas, dona de casa cristã que vive na zona rural; a outra, uma profissional judia urbana — que encontraram consolo e amizade na dor compartilhada.

Uma tempestade de neve e a morte

Fiquei sabendo que a mulher da rosa é Shirley Hillegass, avó que vive com o marido, Robert, em 245 acres verdejantes de milho e feno, a pouco mais de quatro quilômetros do local do acidente.

Durante uma horrível tempestade de neve em 1994, sua filha, Annette, de 32 anos, morrera em um acidente de carro.

Shirley Hillegass acreditava que havia trancado sua dor, tanto quanto pode uma mãe trancá-la.

— Você jamais consegue superar a perda — ela disse. — Você simplesmente aprende a aceitar o fato de que as coisas são como são; as coisas sempre serão como são.

Então vieram os ataques terroristas, e ela sentiu a ferida abrir novamente. Uma vítima em particular tocou-a profundamente. Era Elizabeth Wainio, a jovem da fotografia.

Ela se parecia com Annette em vários aspectos. As duas eram exuberantes, ambiciosas, cheias de vida.

Seis meses depois dos ataques, em uma cerimônia fúnebre realizada em Shanksville, ao qual compareceu toda a cidade, Shirley por acaso se sentou atrás da madrasta de Elizabeth, Esther Heymann, financista de Baltimore.

— Não sei explicar o que aconteceu. Normalmente, não sou de falar com estranhos — disse Shirley. — Eu simplesmente fiz o que meu coração me mandou fazer. Eu não sei se foi um anjo ou Annette dizendo: "Mamãe, você precisa falar com essa mulher".

Por isso, depois da cerimônia, ela se encheu de coragem e se apresentou.

"Eu te amo, mamãe"

Foi para Esther Heymann, que se casara com o pai de Elizabeth quando esta tinha 5 anos e a amava como se fosse sua própria filha, que Elizabeth telefonou minutos antes de o avião se espatifar. Foi Esther quem ouviu as últimas palavras de sua filha adotiva: "Eles estão se preparando para invadir a cabine. Tenho que desligar. Eu te amo, mamãe. Adeus".

Nos meses que se seguiram ao acidente, essas palavras continuaram como um peso insuportável em torno do pescoço de Esther. E em meio a essa dor que a consumia surgiu outra mãe, que dizia ser uma "caipira", mas que percebeu imediatamente o que estava acontecendo.

Esther disse que estava sempre atenta às pessoas estranhas que tentavam se aproximar depois do acidente. Mas com Shirley foi diferente. "Tive uma intuição em relação à sinceridade dessa mulher — ela disse. — Eu simplesmente percebi que ela era muito especial."

A amizade começou cautelosamente, com algumas palavras respeitosas, seguidas de cartas e telefonemas. Ao longo dos meses, as mulheres criaram laços como se fossem irmãs. Na semana passada, um dia depois do segundo aniversário daquela manhã terrível, elas se encontraram na fazenda de Shirley, perto do local do acidente, para se abraçarem, trocar alguns presentinhos e conversar.

— Eu não sei se acredito em anjos, mas sei que há muitas pessoas andando por este mundo que se parecem com anjos — disse Esther. — E Shirley é uma delas.

Shirley, por sua vez, disse que o bem foi mútuo. "Ela me ajudou tanto quanto eu a ajudei."

Duas irmãs. Duas mortes. Duas mães unidas na dor. E, lentamente, juntas, despertando para a compreensão de que, para os vivos, a vida continua.

23 DE DEZEMBRO DE 2003

UM DESEJO — MAIS UM NATAL MÁGICO

Alguns dias atrás, enquanto colocava os enfeites de Natal, minha filha perguntou:

— Papai, o Papai Noel existe de verdade?

Seus dois irmãos mais velhos estavam enchendo sua cabeça de dúvidas novamente.

— Você acredita que ele existe? — eu perguntei, enrolando. Ela acenou com a cabeça vigorosamente, com os cachinhos loiros balançando para cima e para baixo.

— Então ele deve existir — eu disse. E essa garantia, por mais esfarrapada que fosse, pareceu suficiente. Ela me disse que deixaria quatro biscoitos para ele este ano porque no ano anterior o Papai Noel havia comido os três que deixara. Depois ela saiu correndo para escrever sua cartinha.

Colleen tem 6 anos e está na primeira série, é nossa caçula — mas não é mais um bebê. Se dependesse de mim, ainda estaria dando a ela mamadeiras e avaliando minha habilidade pela rapidez com que ela arrotava.

Mas quanto a isso não posso dar palpite.

Ela está deixando o ninho como um transatlântico deixa o cais: lentamente, mas com um movimento irreversível. Pode puxar as amarras com toda a força; não vai adiantar nada. Na linha do horizonte, surge o chamado da maturidade.

Seus irmãos mais velhos, de 11 e 10 anos, passaram por esses mesmos estágios antes dela. Mas, por ser nossa última criança, essa passagem parece mais amarga. Tudo o que posso fazer é agradecer a Deus pelas filmadoras.

A cada obstáculo superado, para sempre se encerra outro capítulo desse livro chamado infância. Como acontece com qualquer livro bom, eu não quero que esse acabe.

Última parada: valor simbólico

Cada vez que ela consegue superar um desafio — os primeiros passos, as primeiras palavras, o primeiro dia na escola — minha mulher e eu comemoramos e suspiramos. Registramos o momento em vídeo e tentamos não prestar atenção àquelas pequenas pontadas de dor pela perda.

Na última primavera, Colleen decidiu que já não precisava mais das rodinhas de apoio. Eu as tirei da sua bicicleta e passei o fim de semana correndo para cima e para baixo pela rua ao seu lado, segurando-a pelo banco enquanto procurava se equilibrar. Por causa do puro cansaço, finalmente a soltei — e fiquei impressionado, e um pouco triste, vendo-a andar pelo quarteirão sem precisar de mim, e sem olhar sequer uma vez para trás.

Quando seus irmãos mais velhos conseguiram dominar as bicicletas, as rodinhas de apoio foram para o próximo na linha. Mas desta vez elas se tornaram objetos de valor apenas simbólico. Essa fase das nossas vidas havia acabado.

Aconteceu o mesmo com o carrinho, e o berço e o cadeirão; todos se tornaram obsoletos do dia para a noite, lembranças de como os bebês crescem depressa e se transformam em crianças, e as crianças se transformam em adolescentes, e os adolescentes saem de casa.

No dia em que ela aprendeu a dizer "John" em vez de "Uon", senti um aperto no coração.

Eu procuro não ser sentimental demais em relação a essas coisas. A primavera se transforma em verão, as crianças crescem. Acredite, o dia em que troquei a última fralda será sempre considerado um dos mais felizes da minha vida. O que posso dizer? Algumas fases são mais fáceis de esquecer do que outras. Você pode imaginar minha tristeza porque nenhum deles grita mais para assistir ao Barney.

Estou contando os anos até poder colocar no carro um daqueles adesivos que dizem "Estou gastando a herança dos meus filhos".

A arte de relaxar

Mesmo assim.

Supõe-se que os pais devam preparar as crianças para o mundo exterior, torná-las fortes e independentes. Então, por que estou me sentindo abandonado pelo fato de ninguém mais precisar de mim para amarrar os sapatos?

Fiz um comentário a respeito disso com uma amiga, e ela perguntou: "Então, os homens também sentem essas coisas?" Sim, acho que às vezes sentimos, pelo menos quando não está passando um bom jogo na televisão.

Meu amigo Joe Schwerdt, que tem três meninos, confessou que sentia o mesmo aperto. Seu filho mais novo,

Andrew, será o último da família a participar da Liga Infantil de Beisebol, e pai e filho estão treinando. Mas cada jogada com a bola é uma lembrança de que aquilo logo irá acabar.

— Ele é meu último menino e pretendo aproveitar sua infância enquanto puder — disse meu amigo em uma de suas cartas. — Já estou com medo do dia em que ele fizer 13 anos e descobrir de repente a diferença de gerações, deixar a bola de lado e passar a andar com os fones de ouvido colados na cabeça.

Neste final de ano quero apenas um presente. Que a minha menininha consiga aproveitar o último Natal mágico de sua infância — que consiga ter mais um ano de encantamento, que consiga acreditar em duendes e renas sem outro propósito na vida além de espalhar generosidade e alegria.

Quando chegar a manhã de Natal, estarei acordado antes do amanhecer, com a filmadora na mão, para filmar o rosto de minha filha enquanto ela corre para verificar o prato de biscoitos. Aposto que o Papai Noel terá comido todos eles.

1º DE MARÇO DE 2004

Para mãe adolescente, o filho está crescendo

Com seus jeans de cintura baixa e tênis azuis, Kate Gowen seria igual a qualquer outra estudante que está terminando o colegial não fosse por um pequeno detalhe: um garotinho de 7 meses sentado em seu colo.

Seu nome é Donovan, em homenagem ao jogador de futebol americano. A ex-aluna da North Penn High School ficou grávida logo depois de fazer 16 anos. E agora, pouco mais de um ano e meio depois, percebe que sua infância despreocupada — e, ela admite, maluca — acabou oficialmente.

Mesmo assim, ela afirma que esse bebê salvou sua vida, literalmente — evitando que fosse parar na cadeia, ou que tivesse uma overdose, ou coisa pior. E, levando-se em consideração sua trajetória autodestrutiva antes de ter dado à luz, não se pode duvidar disso.

Sentada com Donovan no pequeno apartamento de Hatfield que ela divide com sua mãe, Kate admite que era uma adolescente difícil. A partir dos 14 anos ela fez absolutamente tudo.

Desapareceu no meio da noite, roubou o carro da mãe, fugiu de casa, sumiu da escola, às vezes durante semanas, experimentou álcool e drogas, e se tornou sexualmente ativa.

— Eu era completamente chapada — ela diz. — Comecei a andar com uns caras. Nossa mentalidade era que "o mundo está contra nós".

Ela tentou o suicídio várias vezes e acabou internada em uma instituição.

— Eu nunca quis morrer — ela diz agora —, mas era uma forma de chamar a atenção.

Sua mãe, sozinha, trabalhando como garçonete e tendo que lidar com seus próprios problemas, não conseguia controlar a garota. "Ela era muito revoltada", diz Laura Gowen.

Aos 15 anos, Kate foi para uma escola alternativa para adolescentes problemáticos. Não demorou dois meses até atacar outra aluna com uma faca, sendo expulsa e levada para um tribunal do Município de Montgomery. Um juiz determinou que ficasse em prisão domiciliar. Poucas horas depois, ela fugiu novamente e dessa vez o juiz ordenou sua prisão por 22 dias.

Kate, moça magra, com longos cabelos escuros e olhos bonitos, não sabe muito bem por que era tão revoltada. Ela nunca conheceu seu pai, mas fora isso sua infância no subúrbio foi muito comum.

— Eu simplesmente me via como uma garota durona, decidida — ela diz.

Em outubro de 2002, um mês depois de completar 16 anos, descobriu que estava grávida. Passou três semanas angustiantes, em que praticamente todas as pessoas que conhecia lhe diziam que devia fazer um aborto. Então Kate tomou sua decisão.

— Eu não conseguia suportar a idéia de acabar com a gravidez — ela disse. — E não conseguia me imaginar carregando um bebê durante nove meses e depois desistindo dele. Então eu decidi ficar com ele.

Ela diz que a gravidez a levou a um lugar que mudou sua vida profundamente, para melhor — o Lakeside Pregnancy and Parenting Center, escola particular, sem fins lucrativos, para mães adolescentes em Fort Washington.

É uma escola pequena, tem apenas 30 alunas, e tanto orientadores quanto professores trabalharam intensamente com ela. Cobriram-na de atenção, ensinando-lhe habilidades necessárias para a vida cotidiana, levando-a a consultas médicas e estimulando-a academicamente.

Mas o mais importante é que acreditaram nela.

— Kate é muito inteligente — disse Nancy Kane, diretora da escola. — Em termos de QI, ela é uma garota talentosa.

Desde o nascimento de Donovan, em julho, Kate deu "um grande salto", disse Nancy Kane, dedicando-se à criação do filho e ao trabalho na escola. Se antes consideravam alto o risco de que desistisse do curso, ela recuperou o tempo e vai se formar com suas colegas da North Penn em junho.

Kate diz que está sóbria desde o dia em que descobriu que estava grávida, e tem orgulho de ter dado à luz um saudável bebê de quatro quilos.

Ela diz que evita a velha turma e procura manter amizade com as outras jovens mães que conheceu. Depois da formatura, pretende se tornar enfermeira.

A vida não será fácil, mas agora tem um novo objetivo. E alegria, também.

— Meu filho é o que me faz seguir em frente. Ele é tudo para mim. Graças a ele deixei de ser uma adolescente melodramática que acabaria na cadeia ou no cemitério e me transformei em uma pessoa digna de respeito. — Ela o ergue no alto e acrescenta: — Devo tudo a ele, e estou dando duro para lhe dar a vida maravilhosa que ele merece.

12 DE ABRIL DE 2004

Mãe mantém viva a paixão

Christine Detwiler, mãe e professora, está diante de um grupo de alunos da North Penn High School tentando explicar por que está colocando dinheiro do próprio bolso como prêmio de um concurso literário.

— Vejam vocês — ela diz a eles. — Meu filho, Ben, também foi aluno desta escola. — E então ela acrescenta, com a voz calma e serena conferida por 13 anos de prática: — Quando morreu, ele era um terceiranista.

Na noite de 26 de outubro de 1991, Ben, então com 16 anos, vinha caminhando ao lado de um amigo pela Route 309, depois de ter saído do shopping de Montgomery em North Wales, onde trabalhava.

A distância era de apenas um quilômetro e os rapazes caminhavam pela grama, mas nada disso fez qualquer diferença. Uma motorista bêbada perdeu a direção e saiu da estrada, matando Ben instantaneamente. Ela foi condenada a três anos de prisão.

A vida está repleta dessas pequenas ironias. E uma que irá sempre perseguir a mãe de Ben é o fato de ter decidido que não iria permitir que ele dirigisse até completar 18 anos, imaginando que assim poderia mantê-lo a salvo.

Christine, professora do ensino fundamental no distrito de North Penn, não conta toda a história para os alunos que estão diante dela. Em vez disso, fala a eles sobre o tipo de rapaz que era seu filho — um idealista, um ativista, um pensador, e também um polemista que adorava discutir qualquer assunto.

— Ele também escrevia muito bem — ela diz aos alunos.

Um mundo melhor

E é por isso que, pouco depois de sua morte, procurando uma saída para aquela dor indescritível, ela decidiu criar o Ben Detwiler Writing Contest para os terceiranistas da escola. Ben escrevera uma vez que seu objetivo era fazer do mundo um lugar melhor, e esse é o tema do concurso, agora no 13º ano.

Christine me disse que continua a patrocinar o evento porque é uma forma de manter viva a memória de seu filho — uma maneira de manter-se ligada a ele. "Quero que os jovens continuem a pensar a respeito do seu mundo daquela forma ativa que para Ben não é mais possível."

Ben, ela diz, foi o tipo de rapaz que navegou pela adolescência fora da tendência predominante. Era pequeno para a sua idade, não tinha um tipo atlético, e na época em que chegou ao colegial estava cultivando um estilo punk-rock, descolorindo o cabelo preto e usando um corte espetado típico de índios americanos. Tinha piercings no nariz, usava jaqueta de couro preto e tocava guitarra numa banda de rock.

Por causa de sua aparência, muitos pais e alunos deduziam que ele era um problema a ser evitado. Em razão da segregação de alguns, ele descobriu muito cedo o que é preconceito e estereótipo. Isso também o levou a uma amizade inesperada com um aliado improvável, o diretor da escola, Juan Baughn, um afro-americano que conhecia muito bem a dor de não fazer parte da maioria. Os dois passavam muitas horas depois da escola conversando e discutindo — e, como Baughn faz questão de enfatizar, cultivando o respeito um pelo outro.

Uma dor compartilhada

— Ele ficava magoado com a desaprovação — disse Baughn, que é agora superintendente assistente em Washington D.C. — Ficava perplexo com o fato de que as pessoas davam mais importância à sua aparência do que ao seu interior. Houve um momento em que Ben me perguntou: "Dr. Baughn, entende o que quero dizer?". E eu entendia, como ainda entendo.

O antigo diretor ficou feliz em saber que a mãe de Ben continua com o concurso literário.

— Ele era um garoto pequeno com um grande coração — disse Baughn. — Queria salvar o mundo. E eu dizia a ele que devia salvar sua parte.

E por isso, mais uma vez este ano, um grupo de alunos da North Penn, que eram crianças pequenas quando Ben morreu, irão fazer uma tentativa para captar essa mesma paixão.

Eles irão escrever sobre a guerra e a pobreza e, talvez, sobre a aceitação daqueles que não se parecem com eles.

O vencedor levará para casa uma placa e um cheque. E a mãe, se tiver sorte, poderá captar um lampejo do filho nas palavras desses alunos.

Os colegas de classe de Ben agora são adultos, com carreiras e casamentos, e seus próprios filhos. Eles seguiram sua vida, assim como a mãe de Ben, da melhor maneira que pôde.

Mas uma parte continua presa ao outono daquele ano em que Ben era terceiranista do colegial. É assim que ela continua a vê-lo, como um adolescente vulnerável com um grande coração, à procura do seu lugar no mundo.

— Agora ele estaria com 29 anos — ela diz, com aquela sua voz, com as marcas do tempo amortecendo sua dor de mãe. — Eu tenho um filho que estará sempre com 16 anos.

13 DE JULHO DE 2004

ESCAPADA SE TRANSFORMA EM VIAGEM MENTAL DE PAI E FILHO

A mente de alguém que tem apenas 12 anos é uma coisa estranha e bela de se observar.

E quando saí dirigindo ao pôr-do-sol com meu filho para uma viagem de quatro dias pela Floresta Nacional de Allegheny acabei observando mais do que qualquer pai gostaria. Não havia mamãe, nenhum irmão ou irmã mais nova. Somente nós dois.

E o garoto simplesmente não parava de falar.

Para ajudar a passar a viagem de seis horas, eu havia trazido um bom sortimento de músicas favoritas — minhas músicas, não as dele, é claro. Mas ele insistia em baixar o volume para que eu pudesse ouvi-lo.

— Você acabou de desligar o Jimmi Hendrix — eu reclamei. — Você não sabe que isso é pecado?

— Papai, você sempre coloca o som muito alto.

— Isso é impossível — eu respondi.

Ele então aumentou o volume um pouquinho. Havia perguntas demais que precisavam de respostas.

— Então, papai, se Marte saísse do seu curso e entrasse em rota de colisão com a Terra, o que você acha que aconteceria?

— Isso é impossível — eu disse.

— Mas e se não fosse? O que aconteceria?

— Eu não tenho idéia, mas tenho certeza de que você usaria isso como desculpa para não fazer a lição de casa.

Próxima pergunta: "Se tivesse que comer veneno, que tipo de veneno escolheria?"

— Eu jamais comeria veneno — e você também não deve fazer isso.

— Mas vamos dizer que você fosse obrigado a comer.

Eu me recusei a responder alegando que nenhum pai deve estimular o uso de substâncias tóxicas. Mas ele parecia incansável.

— Não sei — eu disse finalmente. — Cicuta? — Imaginei que se havia funcionado para Sócrates, funcionaria para mim.

Estranho e mau

— Qual a coisa mais estranha que você já viu?

— Você?

— Não tem graça. — Pausa de dois segundos, e então: — Qual a pessoa mais malvada da história?

— Fácil — eu disse.

— E Hitler não vale.

— Eu ia dizer Hitler.

— Todo mundo diz Hitler. Isso é muito fácil. Quem mais além de Hitler?

E assim foi a longa viagem. Fiquei tentado a calar a boca do garoto com fita adesiva — medida disciplinar que tem muitos precedentes aqui na nossa região. E eu bem que poderia ter tentado, exceto por uma coisa: ele tem 12 anos e ainda acha que seu pai tem as respostas para todos os mistérios. No ano que vem vai fazer 13, e será oficialmente um adolescente, e as coisas sem dúvida serão diferentes.

Aos 13, ele irá me colocar em algum lugar entre uma mancha de bolor e uma alga no espectro das fontes de informação confiáveis. Pensei que o melhor seria aproveitar a tagarelice enquanto podia. Agora está falando, eu disse a mim mesmo, é melhor deixar. Daqui a pouco ele vai ficar calado e eu vou reclamar.

Por isso abaixei os vidros do carro para sentir o ar do campo, carregado de feno e estrume de vaca, enquanto prosseguia a inquisição.

Sua mente era um caldeirão pré-adolescente de sinapses que estalavam, crepitantes, estourando e saltando para todos os lados enquanto ele perseguia sua curiosidade.

Qual tinha sido o maior desastre? O pior crime? A invenção mais bacana?

Política e presidentes

— Qual o seu republicano favorito?

— De todos os tempos?

— De todos os tempos.

— Abraham Lincoln.

— Democrata favorito?

— Harry Truman.

— Qual a pessoa mais famosa que você já conheceu?

— Frank Zappa.

— Quem é?

— Ai. Essas crianças de hoje.

— E que outra pessoa famosa?

— Uma vez entrevistei o primeiro George Bush — eu disse.

— Verdade? Ele foi legal?

— Muito legal.

— Você ficou nervoso? — ele perguntou.

— Só um pouquinho.

— Que legal.

As perguntas e respostas continuaram durante toda a nossa marcha floresta adentro, durante o jantar em uma saliência que dava para um riacho de correnteza forte, e enquanto ardiam as cinzas da fogueira.

Eu estava exausto, mas não tive coragem de interrompê-lo, sabendo que em um ano, ou talvez um mês, ele não daria a mínima para as histórias dos dias gloriosos em que seu pai conheceu estrelas do rock e presidentes. Por enquanto, ele era todo ouvidos, e eu era muito bacana. Eu iria aproveitar.

Enquanto a lua se erguia sobre as árvores, eu finalmente consegui fazer uma pergunta.

— E então, garoto? O que acha de dormirmos agora?

7 DE MARÇO DE 2005

Com problemas mentais, mas ainda assim uma "dádiva"

Seu nome é Millie.

Ela veio a este mundo 55 anos atrás, um bebê gorducho e saudável com cabelos muito pretos. Sua família a amava muito e, apesar de tudo — ou talvez por causa disso —, ama-a ainda mais agora.

Millie Reynolds nunca disse uma palavra ou devolveu um sorriso. Os primeiros passos que tentou dar foram os últimos. Pouco antes do seu primeiro aniversário, em 1950, contraiu meningite viral, com uma febre contínua que deixou seqüelas profundas em seu cérebro.

Os médicos disseram que o melhor seria encaminhá-la para uma instituição, mas seus pais não lhes deram ouvidos. Levaram seu bebê para casa, em Olney, bairro ao norte da Filadélfia, e cuidaram dela com muito amor enquanto crescia, totalmente alheia, passando de criança a adolescente e depois a adulta.

Hoje seu mundo é um pequeno quarto no segundo andar da casa de seu irmão mais velho, Charles Reynolds, e de sua esposa, Susan, em Cheltenham, onde eles cuidam de Millie durante 24 horas, nos sete dias da semana, desde a morte de seus pais. Há 17 anos, o casal dedica sua vida a ela sem reclamar.

— Ela é nosso eterno bebê — diz Susan Reynolds, acompanhando o olhar arregalado de Millie, que nada vê, deitada na cama sob uma foto de Jesus. E ela é realmente um bebê.

Precisa de fraldas e de cuidados permanentes. Até quatro anos atrás, quando um tubo alimentar foi implantado cirurgicamente, pois estava tendo dificuldades para engolir, tomava leite com uma mamadeira e era alimentada com colheradas de purê de frutas e de vegetais.

Um rosto de criança

Ela é cega e paralisada do pescoço para baixo. As mãos se enrolam contra os pulsos, e sua coluna foi adquirindo ao longo dos anos a forma de uma estrada sinuosa. Ela pesa menos de quarenta quilos e, com sua pele macia e cabelo preto sem um fio branco, parece quase uma adolescente, ou mesmo uma criança.

Pergunte à família de Millie se a sua vida tem sentido ou algum valor, se não seria melhor simplesmente retirar o tubo que a alimenta para que ela possa escapar da prisão de seu corpo deficiente, e eles apenas sorriem.

— Millie é uma dádiva — diz Susan Reynolds, que é professora primária. — Sua vida trouxe muitas bênçãos para nossa família.

Seu marido, vendedor de móveis, acrescenta:

— Ela nos mostrou como a vida é importante.

Os dois são católicos devotos, e os cuidados com Millie fortificaram sua convicção de que toda vida, mesmo uma vida tão comprometida como essa, é preciosa.

Eles dizem que Millie lhes ensinou o que é caridade, paciência e amor desprendido. Ela mostrou a eles o que realmente importa na vida. E o mais importante, dizem eles, sua presença proporcionou aos três filhos, já crescidos, a maior de todas as bênçãos — a compaixão.

Nada mau para uma vida humana que muitos rejeitariam por acharem que ficaria melhor se estivesse morta.

Em troca, eles cuidam dela com amor e dedicação. Eles observam orgulhosos que os médicos ficam impressionados com o fato de Millie jamais ter apresentado uma úlcera sequer em 54 anos.

Quem decide?

Os Reynolds acompanharam com interesse — e consternação — o alvoroço em torno de Terri Schiavo, a mulher que ficou 15 anos em coma e que morreu em março de 2005 depois que um juiz autorizou a retirada do tubo de alimentação.

Eles acreditam que faltou inserir na discussão uma questão simples, mas fundamental: quem tem o direito de decidir o que constitui uma vida que vale a pena ser vivida? Pode um ser humano realmente tomar essa decisão por outro?

Os Reynolds acreditam que não.

Apesar do que dizem alguns especialistas em ética médica, eles não vêm o tubo de alimentação de Millie como instrumento para prolongar sua vida artificialmente, mas apenas como equipamento médico que lhe permite receber com conforto e segurança o alimento a que todos os seres humanos têm direito. Antes do tubo, ela aspirava comida para os pulmões, sofrendo sérias crises de pneumonia.

Quando chegar a hora de Millie — e ela está ficando mais fraca a cada ano — eles não vão tomar medidas extraordinárias para prolongar sua vida. Mas também não irão considerar medidas que possam abreviá-la. Essa decisão, eles acreditam, deve ficar entre Millie e uma autoridade mais alta.

— Nossa fé e nosso amor, é isso o que nos guia — diz Susan Reynolds.

Enquanto fala, seu eterno bebê balança a cabeça de um lado para o outro, a língua ligeiramente para fora, o olhar vazio perdido num mundo que jamais compreenderemos, em algum lugar entre o presente e o mundo dos mortos.

15 DE ABRIL DE 2005

Pai superveloz aprende uma lição importante

Era um desses maravilhosos dias de primavera que pedem um passeio pelo campo. O sol brilhava, o céu muito azul sem uma nuvem, o cheiro da terra tornando o ar mais doce.

— Vamos lá — eu disse para as crianças. — Vamos fazer um passeio. — Um passeio sem destino certo e sem qualquer outro objetivo além de sentir o vento no rosto e ver a beleza das árvores florescendo.

Seguimos por uma daquelas estradas rurais bucólicas que os artistas costumam pintar. Fomos nos maravilhando com as vacas e os celeiros e os pastos, o teto solar e as janelas do carro abertas, e Stevie Wonder tocando. Puro encantamento.

Então olhei pelo espelho retrovisor. E o encantamento se foi.

Um carro de polícia encostou na traseira, as luzes piscando, a sirene tocando. Quase deixei escapar um palavrão antes de me lembrar das crianças e resmungar: "Droga".

Com um peso no coração, eu encostei o carro, sabendo que estava me divertindo demais para não estar correndo muito. Mas o policial passou por mim, e parou a caminhonete que eu estava seguindo. Bem, antes ele do que eu, pensei.

Mas a minha boa sorte não demorou muito. Acontece que o patrulheiro pretendia matar dois coelhos com uma só cajadada. Ele acenou para mim por detrás da caminhonete. Fui até ele e entreguei minha carteira de motorista.

— Sr. Grogan, o senhor está com muita pressa?

— Para falar a verdade, não — eu respondi.

Desculpas esfarrapadas

Eu queria falar a ele sobre as maravilhas da primavera, do céu azul, das árvores em flor, do cheiro da terra, todas essas coisas. Queria louvar o vento que soprava no meu rosto e falar do prazer imensurável de ouvir Stevie Wonder e andar com o teto solar aberto em um dia tão perfeito —

nem muito quente, nem muito frio — que só poderia ter sido criado pelos anjos. Mas eu tinha certeza de que minha defesa da alegria de viver não resolveria a situação.

— O senhor estava dirigindo a 100 km/h numa área em que a velocidade máxima permitida é 60 km/h — ele me disse. E então desferiu o golpe mais embaraçoso: — E com crianças no carro!

Seu tom de voz era uma mistura de censura e preocupação, e as palavras me acertaram em cheio. Que tipo de pai enfrentaria as curvas da estrada acima da velocidade tendo ao lado carne da sua própria carne? A única notícia boa era que o sujeito da caminhonete estava andando ainda mais rápido — e ele também estava com os filhos.

O castigo por ter pisado fundo: uma multa de 160 dólares e três pontos na minha carteira. Mas isso não foi nada comparado com o que me aguardava ao olhar para o rosto de minha filha de 8 anos no banco traseiro. Meu filho de 12 anos estava se divertindo com aquela situação embaraçosa. Mas Colleen parecia chocada.

Era seu pai. E para uma criança da sua idade, isso significava que eu era seu herói, sua bússola, exemplo de estabilidade e correção. Eu era aquele que cuidava da sua segurança, que sempre lhe dissera que a polícia existia para protegê-la das pessoas más. Eu era o sujeito que vivia lhe dizendo para obedecer as regras e fazer as coisas certas, mesmo quando não havia ninguém olhando.

E ali estava eu, pego em flagrante no lado errado da lei.

Queda do pedestal

Sim, era apenas uma multa por excesso de velocidade, mas eu podia ver no seu rosto aquela conscientização de que seu pai não era absolutamente perfeito, que havia feito algo quase criminoso.

O patrulheiro parecia ter percebido isso também, e, com um tom mais suave, disse:

— Só estamos tentando manter todo mundo a salvo.

E então se dirigiu a Colleen:

— É bom saber que todos estão usando os cintos de segurança.

Seu rosto se iluminou. Está vendo? Seu pai não é tão ruim.

Agradeci ao policial — por quê, não tenho muita certeza — e saí dirigindo com o vigor de uma senhora a caminho da missa de domingo.

Eu já estava cansado de dizer aos meus filhos que todas ações têm suas conseqüências, e agora eu era o Exemplo nº 1.

— Hoje aprendi uma lição importante — eu disse a eles. — As regras existem por um motivo, e eu quebrei uma delas, e agora tenho que pagar.

É estanha essa coisa familiar. Passamos a primeira metade das nossas vidas escondendo nossas imperfeições dos nossos pais para não decepcioná-los, e passamos a segunda metade escondendo-as dos nossos filhos pelo mesmo motivo.

Naquele dia absolutamente adorável, eu não tinha onde me esconder. Meu joguinho tinha acabado.

Papai superveloz reconheceu a culpa.

25 DE ABRIL DE 2005

Apresentando uma dádiva chamada Danny

Sexta-feira era o dia que Susan Haggerty vinha esperando com medo há algumas semanas. O dia de sua apresentação.

Com os nervos à flor da pele, ela foi até a classe da quarta série de seu filho, Jack, na escola St. Alphonsus, em Maple Glen, Município de Montgomery. Jack cumprimentou sua mãe na porta e depois voltou para o seu lugar, cercado pelos colegas de classe.

Ele também havia se preparado para esse momento. Tinha ouvido algumas provocações. Andavam dizendo coisas. Estava na hora.

Sua mãe parou diante da classe, respirou fundo e disse: "Jack tem um irmão. O irmão de Jack é autista".

Pronto. Estava dito.

Não que Susan tivesse escondido o fato, mas algumas coisas são mais difíceis de contar que outras. Era a primeira vez que ficava diante de um grupo tão grande para falar do autismo de seu filho.

Ela perguntou às crianças se sabiam o que isso significava, e uma menina de óculos ergueu o braço e disse:

— É como se você perdesse o controle de vez em quando.

— Eles têm um problema no cérebro — disse outro.

— Vocês andaram se informando! — elogiou a mãe.

Com frases simples, ela contou a história de Danny. Era um bebê lindo, absolutamente perfeito. Mas seus pais começaram a perceber que não era como os outros bebês. Ele não chorava como os outros, não tagarelava, não conseguia fazer o que os outros faziam.

Percussionistas diferentes

Em 1998, quando Danny tinha 2 anos, os pais receberam o diagnóstico formalmente.

O que ela queria dizer aos alunos é que as crianças como Danny, apesar de diferentes, não precisam ser temidas. Às vezes elas gemem; à vezes agitam os braços ou batem direto no seu rosto. Têm dificuldade para olhar as pessoas nos olhos. Mas não fazem mal a ninguém.

— Se não tiverem medo delas, podem descobrir que são pessoas bacanas — ela diz às crianças. — Elas também querem fazer amigos.

Essa apresentação como mãe de um autista não visa apenas as crianças, mas seus pais também. Ela entrega a cada criança uma carta de duas páginas para que eles levem para casa. Nessa carta, Susan abre seu coração.

— Nós tínhamos as expectativas e sonhos que todos os pais têm em relação aos seus filhos — ela escreveu. — Nesse dia [em que recebemos o diagnóstico de Danny], o mundo mudou para mim e para meu marido.

E disse mais: que Danny não é o único da casa com autismo. Seu irmão mais novo, Will, de 7 anos, também foi diagnosticado com uma forma mais branda dessa síndrome.

Ela pediu desculpas caso seus filhos tivessem incomodado alguém na missa de domingo.

— Queremos que saibam o quanto agradecemos sua paciência e gentileza — ela concluiu.

Separados e à parte

Depois de terminar sua apresentação, enquanto as crianças saíam correndo para fora da sala, ela confessou que a vida de mãe de crianças autistas podia ser solitária e isolada. Os convites para qualquer atividade social são dolorosamente raros, ela disse, acrescentando: "Aprendi a desenvolver uma couraça mais forte".

Mas ela e o marido agora sabem o que é realmente importante, e a maior parte está entre as quatro paredes do lar da família.

Ela descobriu que às vezes os presentes mais surpreendentes vêm em embalagens diferenciadas. Às vezes estão embalados pela dor.

Antes da apresentação de sexta na St. Alphonsus, Susan Haggerty me levou até outra escola, a alguns quarteirões de distância, a Maple Glen Elementary, onde conheci a dádiva chamada Danny.

Ele entrou correndo na sala, agitando os braços, os olhos arregalados, e seus lábios se chocaram contra os de sua mãe. É um menino bonito, com o rosto cheio de sardas, os olhos azul-claros, que consegue se expressar com frases de duas ou três palavras, o que enche sua mãe de orgulho. Até alguns meses atrás ele se limitava a respostas monossilábicas.

Pensando que vai para casa, ele diz: "Eu pego mochila. Minha barriga roncando".

Ele não consegue me dizer qual é sua idade — 9 anos, mas sabe o que vai fazer quando chegar em casa. A mesma coisa que faz todos os dias.

— Rebobinar — ele grita.

E é literalmente isso o que ele vai fazer, muitas e muitas vezes: rebobinar fitas de vídeo, atento ao barulhinho reconfortante. Sua mãe ri, abraça-o. Ele se agita como um animalzinho.

Os irmãos de Jack têm autismo. Esta família não vai mais pedir desculpas por isso.

6 DE MAIO DE 2005

QUANDO UMA CRIANÇA DESAPARECE

A situação tinha os contornos do pior pesadelo de todos os pais — uma criança desaparecida.

Meu melhor amigo da faculdade estava nos visitando com sua mulher e duas filhas. Coloquei todo mundo na minivan, junto com minhas três crianças, para um passeio pela cidade histórica de Bethlehem. Estávamos andando pelas ruínas da era colonial junto ao rio quando de repente me vi gritando: "Onde está Conor?"

Meu filho do meio, que estava com 7 anos na época, tinha simplesmente desaparecido.

— Ele estava aqui um minuto atrás — disse meu amigo, Pete Kelly.

Sua mulher, Maureen, reuniu as outras crianças, e eu saí com Peter para vasculhar a área. Enquanto procurávamos, comecei a imaginar dois cenários. Um deles incluía a correnteza de um rio gelado cheio de pedras pontudas; o outro incluía um homem brincando com um cachorrinho e que agora também havia sumido.

Pete, oficial de polícia em Michigan, parecia ter pensado o mesmo que eu. Fui caminhando ao longo do rio, olhando aterrorizado para a água; ele entrava e saía dos prédios e construções antigas, examinando qualquer lugar aonde alguém pudesse levar uma criança.

Depois de vinte minutos, nós nos encontramos de novo.

— Nada — ele disse.

Olhei para ele, sem querer dizer o que estava pensando. Ele era o policial; eu confiava em seu julgamento.

— Acho que deveríamos chamar a polícia — ele disse.

Pete correu até uma loja à procura de um telefone; eu voltei para junto do rio. Dois minutos depois ouvi seus gritos e quando me virei, ele estava carregando meu filho nos ombros.

Alívio e gratidão

A sensação de alívio foi tão intensa que senti minhas pernas e o corpo todo tremerem.

Conor simplesmente continuara andando; ao perceber que não sabia onde estávamos, fez exatamente o que eu lhe havia ensinado: voltou para o carro e ficou esperando por nós. Era ali que ele estava quando Pete atravessou a rua, sentado na calçada, lutando bravamente para conter as lágrimas.

Se pelo menos a família de Jamil Guy também tivesse tido um final feliz.

O garoto de 13 anos havia morrido afogado no Chester Creek, na segunda-feira, quando tentava transformar uma pequena piscina de plástico em bote, com seus dois primos.

Eles deveriam estar na casa de sua avó, mas fugiram da Chester High School e foram até o lago. Eram meninos sendo meninos. Meninos fazendo o que meninos sempre fazem e sempre farão.

A morte de Jamil Guy me fez refletir e agradecer a minha boa sorte. Me fez lembrar de como poderia ter acabado de maneira diferente a história do desaparecimento do meu filho — no fundo de um rio ou, atraído por um lindo cãozinho, no porta-malas do carro de um criminoso.

A morte de Jamil mostrou o que todos os pais sabem, mas que procuram não transformar em obsessão: por mais atentos que procurem ser, não podem ficar de olho nos filhos a cada segundo do dia, principalmente quando eles crescem e se tornam adolescentes. Por mais que tentemos ensiná-los a agir com responsabilidade, não podemos controlar suas ações.

Atribuindo a culpa

Mesmo assim, uma coisa dita pela família do menino depois de sua morte me preocupou. Os parentes estavam transtornados com o fato de os meninos terem conseguido descer as margens escarpadas e chegar até a água.

— Se existisse uma cerca no local, eles não teriam seguido por aquele caminho — disse aos repórteres a tia de Jamil, Janet Guy.

Podemos perdoar a tia que, na dor do luto, procura um bode espiatório para colocar a culpa pela tragédia.

Por sonhar que existe alguém — o governo, a sociedade, ou quem quer que seja — capaz de afastar nossas crianças dos perigos.

Mas seria preciso um muro bem forte, e bem comprido também, comprido o suficiente e alto o bastante, e também impenetrável, para proteger todas as crianças de todos os perigos imagináveis.

De todos os rios e lagos, e trilhos de trens e penhascos, e pessoas estranhas e furtivas.

Se pelo menos existisse uma cerca...

Se pelo menos fosse tão simples.

Para os pais cujas crianças estão bem é fácil fazer julgamentos. Dizer que Jamil e seus primos deveriam ser observados mais atentamente; que deveriam ser ensinados a evitar o perigo. Eu não vou me juntar a essas pessoas.

Eu tive minha experiência com esse mundo sem cercas e sei de uma coisa: Jamil poderia ter sido Conor e Conor poderia ter sido Jamil. Uma tragédia com um menino, e o outro esteve bem perto.

Na vida, não existem cercas à prova de falhas, casulos impenetráveis. Apenas crianças pequenas e adultos que fazem o melhor possível para mantê-las a salvo.

29 DE AGOSTO DE 2005

"NUNCA É A MESMA COISA" — *REALMENTE*

Eu estava atrasado.

No final do longo corredor, o último quarto à direita estava vazio.

A cama estava feita, um andador no canto. Minha mãe e sua cadeira de rodas haviam sumido.

Encontrei uma enfermeira. "Sou filho de Ruth Grogan. Minha mãe está por aqui?"

Foi uma pergunta idiota. Aquela era uma casa de repouso. É claro que minha mãe estava por ali. Todos estavam sempre por ali.

— Já tentou a capela? — a enfermeira perguntou. — A missa começou às onze.

A vida tem seus capítulos, divisões distintas marcadas por acontecimentos que são verdadeiros divisores de águas, e este verão marcou a passagem de outro em minha vida. Um ano antes, quando visitei meus pais idosos em sua casa nos arredores de Chicago, tomateiros carregados ocupavam o peitoril da janela, uma panela de sopa fumegava sobre o fogão, e meus pais me receberam cheios de alegria na porta.

A visita deste verão marcava um novo começo. Enquanto meus filhos nadavam no lago em que eu havia nadado quando era criança, eu remexia os papéis de meu pai, visitava seu túmulo e passava um tempo com minha mãe no lugar que ela agora chamava de lar.

Em se tratando de uma casa de repouso, o lugar é adorável, aninhado em uma colina que dá para um lago e administrado por freiras atenciosas comprometidas com um tratamento misericordioso. Mas ainda assim é uma casa de repouso, com todos os odores e sons e tristeza das casas de repouso.

Segui por corredores repletos de mulheres frágeis passando o tempo. “Leve-me com você”, uma delas me pediu quando passei por ela.

Cabeças brancas inclinadas

Na capela, um padre já velho celebrava a missa para um pequeno grupo de freiras e cerca de trinta pacientes, suas cadeiras de rodas formando um arco em torno do altar. Por trás, todas as cabeças brancas inclinadas pareciam iguais. Enquanto examinava os fiéis, percebi que estavam quase todos dormindo. Minha mãe não era exceção.

Toquei seu ombro e sussurrei: “Oi, Ruthie”. Ela acordou e arregalou os olhos cheios de surpresa. Tinha esquecido que eu viria.

A memória de minha mãe, que estava com 89 anos, já vinha falhando há alguns anos. Com a morte de meu pai, em dezembro, ela havia perdido não apenas o marido que estivera ao seu lado durante 58 anos, mas também um cuidador devotado e excepcionalmente atento, em tempo integral.

Os olhos de mamãe se fecharam de novo, e fiquei com as mãos em seu ombro enquanto o padre prosseguia com seu trabalho. Durante a comunhão, ele foi passando pelas cadeiras de rodas, colocando as hóstias nas bocas. Minha mãe acordou para receber a sua e, como sempre fazia, pressionou um punho contra o peito e mexeu os lábios numa oração silenciosa.

Algumas coisas não desaparecem facilmente.

Depois da missa, empurrei sua cadeira de rodas até o pátio, onde ela ergueu a cabeça na direção do sol e sorriu.

Linhas profundas marcavam sua pele, e seu cabelo estava branquinho como a neve. Mas um rosto de criança olhou na minha direção, uma menininha perdida em sua inocência.

Uma canção de muito tempo atrás

Ela começou a sussurrar e depois cantou. Eu nunca tinha ouvido aquela cantiga sobre uma criança atrevida que fora engolida por um jacaré que ela achava que poderia domar. Mamãe não tinha idéia do que havia comido no café da manhã, mas passeou tranqüilamente por aquelas estrofes, sem tropeçar em uma única palavra.

— Onde aprendeu isso? — eu perguntei.

— Quando era bandeirante.

Não consegui segurar o riso.

— Isso foi há 80 anos! Já estava na hora de me mostrar.

Então ela cantou de novo.

Depois ficamos ali sentados por alguns minutos. Ela quebrou o silêncio com uma observação.

— Depois que eles saem de casa, é isso — ela falou, como se estivesse conversando com outra pessoa. — Eles aparecem para fazer uma visita, mas nunca é a mesma coisa.

Eu pensei em discordar, mas ela estava certa. Nunca é. Nunca foi.

Empurrei sua cadeira de volta para o quarto e lhe dei um beijo de despedida.

— Volto no fim da tarde com Jenny e as crianças — eu disse a ela. O que eu não disse foi que na manhã seguinte estaríamos voltando para a Pensilvânia.

Já no pátio do estacionamento, olhei para trás, para a janela do quarto onde eu a havia deixado. Ela estava olhando para algo muito, muito distante. Quando consegui chamar sua atenção, um olhar de surpresa cruzou seu rosto, o mesmo olhar que eu havia visto na capela. Era como se estivesse me vendo pela primeira vez.

— Ah, mamãe — eu murmurei.

Ela me atirou um beijo. Eu atirei outro de volta, e então me afastei.

17 DE OUTUBRO DE 2005

Quem é o pai? O sujeito que está presente

Eu reparei neles imediatamente.

De pé na minha frente na fila de uma lanchonete perto de Souderton, numa terça-feira chuvosa, era difícil não olhar para o pai e sua filha.

À primeira vista, aos olhos de um estranho, eles pareciam nada ter em comum.

Ela devia ter 6 ou 7 anos, e era uma menina bonita, delicada, com cabelos dourados na altura dos ombros. Estava vestida sobriamente, com um casaco xadrez azul e verde sobre uma camisa branca, saia e sapatos pretos, meias brancas.

Ele teria cerca de 35 anos, usava jeans surrados, camiseta sem mangas, boné velho virado para trás sobre uma bandana amarrada à cabeça. Seus braços exibiam grandes tatuagens e seu rosto, dominado por um grande bigode e um cavanhaque desgrenhado, revelava uma vida difícil. Ao falar, cometeu muitos erros de linguagem.

Ele parecia deslocado naquela fila com uma estudante, em vez de estar na garupa de uma grande Harley-Davidson.

Eu nem sei se eles eram realmente pai e filha, mas quanto mais olhava para eles, mais convencido ficava. Eles tinham aquela química que só pode existir entre pais e filhas.

Estavam quietos na fila, não conversavam. Ele estava com o braço musculoso apoiado no balcão; ela se apoiava nele. Ele pediu a comida, acrescentando: "e uma daquelas coisas geladas", para a menina.

Um silêncio confortável

Eles sentaram a algumas mesas de onde eu estava e comeram praticamente em silêncio, mas era um silêncio confortável, tranqüilo. Ele estendeu o braço e desembrulhou o cheeseburger da menina. Ela balançava as pernas embaixo da cadeira enquanto mastigava.

Observei que ele manteve a sobremesa gelada afastada até que ela terminasse de comer seu sanduíche. Depois foi colocando a cobertura aos poucos, para que cada colherada fosse especial.

Talvez o fato de ter reparado nesse operário, um sujeito rude que não se encaixava nos padrões que normalmente esperamos de um pai, seja revelador dos meus próprios preconceitos e estereótipos. Se estivesse usando um terno cáqui e mocassins, será que eu teria olhado duas vezes?

Espero que sim. O vínculo especial que se estabelece entre os pais e suas filhas é uma das alegrias menos comentadas. E vale a pena ser observada.

Quando minha filha estava na pré-escola, eu às vezes saía para tomar café com ela antes de ir para o trabalho, só nós dois. Sem as regras da mamãe. Comíamos com as mãos, bebíamos no mesmo canudinho e arrotávamos sem censura. Momentos que merecem ser lembrados quando outros caíram no esquecimento.

O que mais chamou minha atenção naquela relação de pai e filha foi a facilidade com que interagiam. Ele não era daqueles tipos opressores que tratam seus filhos como adultos em miniatura numa festa qualquer.

Mas estava ao lado dela, e ela estava com ele. Era algo que valia a pena ver.

Pequenas lições de vida

Depois que o homem e a garota terminaram de comer, ele a acompanhou até o banheiro e esperou do lado de fora. Ela estendeu as mãos para que ele pudesse sentir o cheiro do sabonete, prova de que havia se lavado.

Diante da porta que dava para o estacionamento, ela parou. "Empurre", ele disse.

Ela empurrou, a porta abriu e ela olhou para ele como se fosse o homem mais inteligente do mundo.

Quando saíram, fiquei pensando que a criação dos filhos não tem nada que ver com física atômica. Você não precisa ser doutorado em desenvolvimento infantil para educar decentemente.

Às vezes, é tão simples quanto dizer "empurre" em vez de "puxe".

Os pais têm várias formas e tamanhos e não seguem determinado molde. Os bons têm algumas coisas em comum, e no topo da lista está o fato de ser presente. Presente e responsável. Presente nos momentos importantes, mas também para comer hambúrguer numa tarde chuvosa.

Eles ficaram parados sob a marquise por alguns minutos, examinando o estacionamento lotado. A menina olhou para os sapatos novos, e depois o homem olhou também. Sem dizer uma palavra, ele a pegou com um dos braços fortes, tatuados. Ela passou os braços em redor do seu pescoço, e saíram para o estacionamento molhado.

Ela estava com seu pai, seca e segura em seus braços. Será que haveria coisa melhor na vida de uma menina de casaco xadrez?

21 DE AGOSTO DE 2006

DESCOBRINDO O RITMO DA SOLIDÃO — UM MOCHILEIRO DESCOBRE O ENCANTO DA SOLIDÃO

No verão de 1977, minha pobre mãe quase teve um ataque cardíaco quando anunciei que pretendia sair andando com uma mochila pela Nova Inglaterra.

— Sozinho? — mamãe perguntou. — Ah, não! Você não pode.

— Mãe — eu respondi com aquele tom desta-vez-eu-vou-fazer-o-que-eu-quero. — Eu vou.

Ela começou a reclamar, mas meu pai atraiu sua atenção com os olhos. Ele não disse uma palavra, mas seu rosto dizia tudo. Eu sei que ele é seu bebê. Eu sei que você se preocupa. Mas ele não é mais uma criança. Você precisa soltá-lo.

Meu pai sabia o que ia no meu coração. Ele sabia que às vezes um sujeito precisa ir atrás de aventuras para se encontrar.

Eu tinha terminado o segundo ano da faculdade e em poucas semanas começaria meu emprego de verão. Eu já tinha viajado com amigos antes. Quem poderia saber o que eu estava tentando provar, mas daquela vez precisava sair sozinho.

Quando meu pai tinha 20 anos, sustentava uma mãe viúva e dois irmãos mais novos enquanto fazia a faculdade.

Não muito tempo depois, estava em um porta-aviões no sul do Pacífico. Ele não precisara de uma viagem solo para provar o que quer que fosse. Mas parecia entender que eu precisava.

— Bem, está bem, então — disse minha mãe, finalmente. — Mas é bom telefonar.

Fizemos um acordo. Eu telefonaria dia sim dia não, e mamãe guardaria suas preocupações para si mesma.

Eu saí levando tudo de que precisava na mochila. Após minha primeira noite fora de casa, entretanto, estava disposto a entregar os pontos e voltar mancando para casa.

Eu tinha conseguido carona até o início da Trilha dos Apalaches, na região oeste do estado de Massachusetts. A noite se aproximava rapidamente, e caminhei apenas alguns quilômetros antes de assentar acampamento. Em vez de montar minha barraca, decidi dormir sob as estrelas. Quando a noite me envolveu, os coiotes começaram a uivar por toda a parte. Juro que até conseguia ouvi-los caminhando no meio dos arbustos.

Então começou a chover. Eu me cobri com uma lona e imaginei que conseguiria ficar seco. Algum tempo depois, acordei de repente com a água cobrindo a lona. Eu estava encharcado.

Decidi conferir as horas, com a esperança de que fosse amanhecer logo. O mostrador luminoso do relógio indicava 11h20min. Seria uma noite muito, muito longa.

Quando surgiram os primeiros sinais da aurora, eu me levantei, espremendo o máximo que podia da água da lona que servira de colchonete, e comecei a andar. Na hora do almoço, o sol estava brilhando; decidi estender minhas roupas molhadas e a lona sobre os arbustos para secarem. Mas o meu espírito continuava úmido. Eu estava ficando com falta de ar e com o corpo doído por causa do terreno encharcado. Meus pés estavam começando a fazer bolhas. Apesar de não querer admitir, estava me sentindo péssimo.

Mas resolvi insistir, atravessando o Massachusetts e chegando até o estado de Vermont. Minha força e confiança cresciam a cada dia. Estabeleci uma rotina, levantando com o sol, caminhando até a hora em que ele começava a baixar no céu, parando para nadar, cozinhando em uma pequena fogueira e dormindo com os sons noturnos da natureza.

O ritmo da solidão, antes tão intimidador, começou a parecer confortável. O isolamento, eu estava aprendendo, não precisa ser igual à solidão.

E depois de caminhar o máximo que me dispus a caminhar, ergui o dedão e comecei a andar de carona pela Nova Inglaterra, parando nas cidades pequenas e acabando por chegar a Boston.

Entre todas as pessoas que encontrei pelo caminho, apenas uma me pareceu assustadora. Um homem estranhamente silencioso que me deu carona e que, quando chegamos ao lugar em que eu iria descer, se ofereceu para desviar do seu caminho e me levar por mais 20 quilômetros se eu posasse para algumas fotos. Diante da minha hesitação, ele garantiu que seriam apenas alguns instantâneos ao lado do carro. Por que não, eu disse a mim mesmo. Fui tão ingênuo que não me ocorreu questionar por que toda aquela vontade de tirar fotos de jovens estranhos.

Mas esse cara foi a exceção.

Conheci uma jovem *hippie* que me deu carona em um microônibus VW (sim, os estereótipos existem) e dividiu comigo algumas cervejas e sanduíches. Conheci um grupo de formandos de Amherst que me ofereceram um espaguete no jantar e me deixaram dormir no chão da sala. Conheci um guarda que, ao me ver com o dedão erguido em um trecho deserto da estrada, fez uma volta com o carro e me levou para um lugar mais movimentado. E conheci muitos moradores das cidades pequenas que me ofereciam algo para beber quando eu passava.

Apesar de todas as coisas ruins deste mundo, eu estava aprendendo uma verdade fundamental: que as pessoas são basicamente boas, gentis e generosas. Você não pode ser bobo, mas se der uma chance a elas, a grande maioria não irá trair sua confiança.

Naquele verão eu aprendi a apreciar a beleza da solidão e a bênção que é o companheirismo. Aprendi a me deleitar com a natureza e confiar em meus instintos. E, o mais importante, passei a acreditar na superdolorosa decência da raça humana.

Nada mau para uma viagem de verão de um rapaz.

Vida

2 DE DEZEMBRO DE 2002

O NOVO ESCRIBA: UM MALUCO DO SUBÚRBIO

Olá pra vocês. Eu sou o cara novo. Novo no *The Inquirer*, meio que novo na área, e com uma nova coluna que deverá aparecer três vezes por semana, enfocando os subúrbios da Pensilvânia.

Sim, sou um desses malucos dos subúrbios. Quando todos os meus amigos bacanas estão nesses eventos culturais no centro da cidade com suas camisetas de marca, estou zanzando pelo gramado preocupado com minhas plantas.

Ah, sim, vergonha das vergonhas, tenho uma minivan estacionada na garagem.

E meus filhos estão sempre propondo questionamentos ridículos. Outro dia, meu filho de 9 anos disse: "Papai, se você ganhasse dez milhões e só pudesse gastar em uma loja, qual seria?"

Eu pensei. E pensei. E o único lugar que consegui imaginar foi... o Home Depot. Patético.

Quer saber o que fiz em um dos últimos fins de semana? Construí uma casa na árvore. E tenho pavor de altura. Fiquei a cinco metros de altura em uma árvore que balançava — balançava! Estava tentando martelar os pregos enquanto me segurava com tanta força que as juntas dos dedos ficaram brancas. As crianças já tinham entrado na casa há horas. Por que ainda estava ali em cima?

E por que não no *Bulletin*?

Meus chefes querem que me apresente a vocês. O que posso dizer? Meu pai cresceu na região de Germantown, na Filadélfia, a um quarteirão da Chelten Avenue. Ele ainda fala da época em que nadava no Wissahickon Creek. Quando contei a ele que tinha conseguido este emprego, ele disse: "O *Inquirer*? E por que não o *Bulletin*? Esse é o grande jornal da cidade".

Ãhn, pai, como posso lhe dar a notícia?

Na época em que eu apareci, estávamos em Detroit, que é uma espécie de Filadélfia sem as partes bacanas. Eu nasci na Mile Road, nº 8, onde foi rodado o filme do rapper Eminem. Daria uma grande história contar como ele e eu zanzávamos pelo bairro, mas eu era mais velho e quando dei por mim, já estava morando no subúrbio.

O trabalho como jornalista me levou de Michigan para Ohio e para a Flórida e, três anos atrás, para o sudeste da Pensilvânia, onde era o editor de uma revista de jardinagem. (Você pode telefonar para lá se me prometer não fazer perguntas sobre ervas daninhas.)

Nas últimas semanas andei bastante pela região. Rapaz, este lugar é antigo! Os cemitérios estão cheios de veteranos da Guerra da Independência. É claro que o sul da Flórida, onde passei 12 anos, seis deles como colunista de jornal, também tem muitos veteranos da Guerra da Independência; a diferença é que eles ainda estão dirigindo.

Este lugar parece uma peça do Smithsonian. Existe algum lugar em que George Washington não tenha dormido?

TODO MUNDO ADORA WILLIAM

Mas o que mais me impressionou foi a questão histórica. Vivo encontrando gente que insiste em dizer que suas casas pertenceram originalmente a William Penn, três séculos atrás. Ou então ao seu colega de faculdade, sir Frank Lautenberg. (Cá estou eu exagerando de novo. Frank na verdade foi colega de Lincoln.)

De qualquer forma, por que tudo isso em torno de William Penn?

E por que todas as coisas são batizadas em homenagem a ele? Eu também cheguei aqui — com três peixes dourados, dois sapos e um labrador retriever bastante sedado — e não vi ninguém batizando o que quer que fosse com meu nome.

Há tanta história por aqui, que seu valor quase se perde. A loja de autopeças perto da minha casa fica em uma casa de fazenda antiqüíssima, que em outros lugares seria transformada em museu. O boteco da esquina alega que está funcionando ininterruptamente há 267 anos — e, acredite, os banheiros ainda estão esperando por uma boa limpeza.

Mal posso esperar para abordar as questões locais. Existem algumas coisas realmente sensacionais.

Todo esse negócio envolvendo a tal bactéria listeria me deixou assustado. Fiquei com histeria listeria.

Outro dia, depois de ler algo a respeito, gritei para minha mulher: "Pelo amor de Deus! Eu faço gargarejo com esse negócio todos os dias!"

— Você está confundindo com Listerine — ela disse. — Grogan, você é bobo.

Listerine, listeria, Liz Taylor. Não importa.

24 DE DEZEMBRO DE 2002

Espalhando alegria entre crenças

Algumas noites atrás, saí em busca do verdadeiro espírito do Natal. Adivinhe onde o encontrei? No segundo andar do shopping King of Prussia, bem em frente à entrada J.C. Penney.

Encontrei-o em um balcão com papéis de presente, fitas e pequeninas senhoras judias.

As mulheres — e alguns de seus maridos — estavam cortando, dobrando, arrumando e fechando num ritmo vertiginoso, transformando as compras feitas no shopping em presentes de Natal.

Estavam fazendo isso sem receber pagamento, por uma data que não comemoram. Estavam fazendo isso com a mais pura alegria e sorrindo, apesar de estarem em pé há horas.

Estavam fazendo isso como um *mitzvah* — uma boa causa para a comunidade. Não só estavam ajudando clientes irritados — que, como eu, não sabiam fazer um pacote —, mas também estavam ajudando os menos afortunados.

A chefe do grupo de empacotadores de presentes, Sandy Heitner, disse: "Não ficamos com um único centavo. Todo o dinheiro vai para obras sociais".

Os clientes ficavam felizes em desembolsar de 1 a 8 dólares, dependendo do tamanho, pelo serviço. Muitos ainda davam gorjetas generosas. Um homem deu uma nota de 20 dólares por um pacote de 6 e disse: "Guarde o troco".

Até as gorjetas são doadas.

O dinheiro será doado aos policiais para comprarem coletes à prova de balas, para os bombeiros comprarem equipamento, para bibliotecas locais, para asilos e para a Cruz

Vermelha. A equipe que trabalha com as ambulâncias ficará com uma parte. Assim como a Upper Merion High School e os moradores de rua do município de Montgomery.

Um dínamo muito pequeno

Sandy Heitner, um dínamo muito pequeno com óculos bifocais encaixados no nariz, e seu marido, Jerry, trabalham no projeto de embrulhos para presentes desde outubro, quando começam a fazer telefonemas para os voluntários. Trabalhando sob os auspícios do grupo B'nai B'rith, o casal espera arrecadar mais de dez mil dólares quando encerrarem as atividades este noite.

— É como uma pequena loja — ela diz. — Precisa funcionar harmoniosamente. Temos esses clientes de última hora que querem os seus presentes embrulhados.

E enquanto estive lá, os compradores aguardavam na fila com bolas de basquete e luminárias, espelhos e camisolas, esperando que os voluntários fizessem sua mágica. Como alguém que passou por essa situação, eu podia sentir o alívio dos clientes. Um sujeito chamado Milton olhou para mim e disse apenas: "Vale cada centavo".

Linda Halpern, de Conshohocken, voluntária há três anos, diverte-se com os homens atrapalhados, principalmente os pais que, em meio às lojas luxuosas do King of Prussia, perguntam a ela: "Onde posso achar a loja de 1 dólar?"

Ao lado de Linda estava Dan Gross, cirugião ortopédico aposentado, embrulhando um presente com precisão cirúrgica — mas sem suturas. "Faço pacotes de todos os tipos", ele disse. "E o café doado por um fornecedor de alimentos não é ruim", ele comentou.

ALGUMAS SEMANAS INTENSAS

O shopping doa o espaço para o balcão dos embrulhos, e uma empresa de Allentown fornece o papel, as caixas e fitas com desconto. Todas as noites, depois do fechamento, os Heitner contam a receita do dia, repõem o material nas prateleiras e então pegam o telefone para convocar os voluntários do dia seguinte, nem todos eles judeus.

— É um período muito intenso de duas semanas e meia — disse Sandy Heitner.

Por que eles fazem isso? Por que enfrentar a multidão que invade o shopping todos os dias para embrulhar presentes para estranhos quando poderiam estar acomodados diante da lareira em sua casa em West Norriton?

Jerry Heitner disse que é para lembrar aqueles que celebram o Natal de que seus vizinhos judeus "são membros dispostos e que gostam de colaborar com a comunidade". Sua esposa disse que é apenas pela boa sensação de estar fazendo o bem.

A voluntária Chele Levy, de Chesterbrook, conversando enquanto juntava papel para cobrir uma gigantesca máquina de karaokê, disse que existe uma coisa no balcão de embalagens que desperta o que há de melhor em quem faz os pacotes e em espera.

— Há momentos em que você pergunta a si mesmo "Por que estou fazendo isso?". Mas, na maior parte do tempo, é muito divertido — ela disse. — É o lado alegre do Natal. As pessoas ficam tão felizes com o fato de você estar fazendo isso. Elas não reclamam se você fura a fila.

Na verdade, é muito mais do que o lado alegre. É o lado verdadeiro e significativo. Um lado em que pessoas com crenças diferentes se juntam numa alegria desprendida para ajudarem umas às outras. É um lado que todos nós poderíamos colocar um pouco mais em prática.

27 DE DEZEMBRO DE 2002

TEMPO PARA SUSSURRAR E SE DEIXAR TOMAR PELO ENCANTAMENTO

Passei a metade da minha vida esperando por um Natal branco. Na quarta-feira, finalmente consegui.

Verdade, passei 12 dos últimos 15 anos na Flórida, onde a única coisa branca que caía no chão saía das mochilas dos traficantes de drogas.

Mas durante os anos que antecederam minha mudança para a Flórida, não vi a neve do Natal. E depois de voltar para o norte três anos atrás, continuei sem ver. O último Natal por aqui que chegou a ter alguma coisinha ligeiramente parecida foi em 1998.

Ao amanhecer eu acordei com o barulho de passos em fuga pelo corredor. Ou Rudolph e sua turma tinham seguido o caminho errado ou meus filhos estavam acordados.

— Papai! — gritou minha filha de 5 anos. — Papai Noel mandou a neve!

— Ótimo. Voltem para a cama.

Como se isso fosse acontecer.

Ela abriu as persianas. Do lado de fora, uma grande pintura em branco.

Uau! Eu estava acordado.

Sendo mais velho e mais sábio, eu sabia que o Papai Noel nada tinha que ver com aquilo. O verdadeiro motivo era que dois dias antes eu finalmente havia lavado meu carro para tirar todo o sal, o que certamente garantiu uma grande tempestade.

Em cada lugar da região caiu uma quantidade diferente, desde alguns salpicos até uma enxurrada. Em minha microrregião climática, na brava fronteira ao norte da área dos subúrbios, grandes flocos úmidos continuaram a cair durante todo o dia. Na hora em que o cheiro de peru assado tomou conta da casa, havia uma camada de quinze centímetros de neve cobrindo a varanda.

MEDO DE DIRIGIR NA NEVE

Estava todo mundo saindo para o jantar tão festivo. As estradas estavam muito traiçoeiras. Devo dizer que nós havíamos nos tornado um grupo de medrosos em relação às estradas no inverno. Quando eu era menino, uma tempestade de neve não nos impedia de fazer o que quer que fosse. Simplesmente nos amontoávamos no Modelo T e lá íamos nós, com uma arma encostada no vidro traseiro para o caso de precisarmos de mantimentos no meio do caminho. Agora, um pouquinho de neve já pára todo o tráfego.

Não que eu estivesse reclamando. Quando se fala em parentes e feriados, estou decididamente do lado "quanto menos melhor".

Meu irmão solteirão conseguiu vir de Nova Jérsei trazendo como presente trouxas de roupa suja para nossa máquina de lavar roupa. Nós o chamamos de Uncle Buck.

Enquanto a neve ia acumulando, meus filhos ficaram tão empolgados que correram para o computador para surfar com uma prancha de neve virtual.

— Ei, crianças! Vocês sabem que podem surfar na neve de verdade lá fora, não sabem?

Nenhuma resposta. Nem mesmo um resmungo.

— Ei? Vocês estão me ouvindo?

Será que sou o único pai dos Estados Unidos dotado de um botão *mute*?

Quando finalmente consegui atrair a atenção das crianças e levá-las para fora, tive que mostrar os conhecimentos adquiridos com meu Ph.D. em fechamento de zíper de casacos de neve. Eles se divertiram brincando de encher o papai de neve.

A neve empapada era perfeita para juntar e em pouco tempo construímos um forte capaz de parar um tanque de guerra. Uma a uma, as crianças foram voltando para casa atrás de um chocolate quente. Acabamos ficando apenas Uncle Buck e eu. Dois homens adultos de joelhos na neve, trabalhando para manter a entrada da casa segura em caso de ataque de bolas de neve do inimigo.

Quando foi que brincamos juntos na neve pela última vez? Tenho certeza de que Lyndon Johnson ainda era presidente. Olhei para o meu irmão através da neve que caía e vi alguém que não encontrava há décadas — o menino de 12 anos com quem eu dividi um quarto. Só havia uma coisa a fazer: preparar e atirar uma bola de neve contra ele.

Convidados inesperados para o jantar

Meu vizinho Steve trouxe seu trator para retirar a neve. Ele deveria estar saindo para ir a um jantar de Natal na casa de parentes no Lower Bucks com a mulher e os filhos. Mas não com esse tempo, ele decidiu.

Nós tínhamos um peru e ninguém com quem compartilhá-lo. Eles tinham vinho e ninguém com quem brindar. Além disso, o sujeito tinha acabado de limpar minha entrada de carro.

Então iríamos jantar, duas famílias reunidas pelos caprichos de uma tempestade de inverno que resolveu chegar em um dia que chamamos de Natal.

Preparei rapidamente meu famoso molho. Minha mulher cozinhou mais algumas batatas. Uncle Buck cuidou do *eggnog*. E estava pronta a festa improvisada. Sem expectativas, sem bagagem, sem estresse.

Depois do jantar, as crianças foram brincar no porão, enquanto os adultos montavam os brinquedos. Lá fora, a tempestade havia parado, envolvendo nosso pequeno mundo em um casulo branco. Paz na Terra.

Quem sabe? Talvez minha filha estivesse certa. Talvez o Papai Noel tivesse trazido a neve — um simples presente de alegria e tranqüilidade a um mundo cínico e conturbado.

3 DE JANEIRO DE 2003

Olhos ligados na tela enquanto dirigia

São 17h20m de mais um dia de trabalho e estou entrando no trânsito pesado da Vine Street Expressway. À minha frente, um Ford Escort que mais parece ter saído de um ferro-velho.

Um carro caindo aos pedaços na hora do rush na Filadélfia? Avise a imprensa! Mas esse carro chamou minha atenção. De seu interior emanava uma estranha luz cinza-azulada, uma espécie de brilho sobrenatural que você talvez visse saindo de uma nave espacial pouco antes de aparecer um alienígena pedindo para falar com seu líder. (O quê? Quer dizer que você nunca viu uma coisa dessas?)

O brilho atraiu minha curiosidade. Eu cortei dois carros e consegui emparelhar. E foi isso o que eu vi: um homem assistindo televisão.

Não um passageiro assistindo TV. O motorista estava assistindo TV. No meio do tráfego. No momento de pico da hora do rush.

Terra para alienígenas: por favor, esse cara merece ser teletransportado.

O modelo da TV não era desses pequenos, portáteis. Era uma TV comum, daquelas que as pessoas colocam na cozinha.

E estava sobre o painel de instrumentos do carro, acima do console que fica no meio, naquela parte que bloqueia a visão do pára-brisa.

Sobrevivente: a seqüência

Nas minhas viagens diárias para o trabalho já vi muita coisa: motoristas fazendo a barba, passando maquilagem, colocando gravata, lendo romances, fazendo anotações e, é claro, conversando longamente pelo celular. Vi até motoristas realizando várias dessas tarefas simultaneamente.

Mas jamais tinha visto alguém transformar um carro em cinema ambulante. O quê? Sem bala ou chiclete?

Adoraria saber qual seria a atração imperdível da TV que levou esse notável membro da comunidade de pessoas que enfrentam o trânsito diariamente para trabalhar a arriscar a própria vida e a de todos os que estavam ao seu redor.

Será que ele não poderia esperar até chegar a um lugar mais seguro — digamos, enquanto estivesse desarmando explosivos em sua garagem — para ligar o aparelho? Eu encosto ao lado dele novamente e quase consigo ver o que está na tela, mas de repente sou obrigado a frear.

Piso no freio. O caminhão que está atrás de mim pisa no freio. Os 13 mil motoristas que estão atrás do caminhão pisam no freio. E o sr. Teletubby não está nem aí. Nem pisca. Nada.

Eu espero e sigo a uma distância segura, vendo o Escort brilhante correr e custurar pela Schuylkill e entrar pela Blue Route. Eu finalmente o perco no Plymouth Meeting, quando ele entra na 276 East em direção a Nova Jérsei.

Onde está o Tony Soprano quando precisamos dele?

Eu nunca descobri o que meu colega estava assistindo. Mas tenho certeza de que estava apreciando seu programa favorito bem ali, no banco do motorista.

Se continuar assim, certamente ganhará seu próprio programa: *Quem quer atrapalhar o trânsito?*

Crime e castigo

Mais tarde, conversei com o patrulheiro Chris Paris, da Polícia Estadual. Uma coisa dessas só pode ser ilegal, certo?

O patrulheiro Paris me garantiu que dirigir sob a influência de programas de TV é definitivamente ilegal. Mais especificamente, o artigo 75, parágrafo 4.527, do Código de Trânsito da Pensilvânia proíbe qualquer veículo motorizado de ter uma televisão "virada para a traseira do banco do motorista ou que seja visível para o motorista".

— Seu eu visse uma coisa dessas na estrada, obrigaria o motorista a parar e ele seria multado — disse Paris.

E qual seria a multa? A gigantesca soma de 25 dólares.

Bem, é a idéia que conta.

O patrulheiro Paris fez questão de ressaltar que o fato de desviar o olhar, mesmo que por um segundo — o que dirá para um programa de meia hora — pode ser fatal. E muitos de nós desviamos o olhar — para discar os celulares, para comer um sanduíche, e, no meu caso, para tentar entender o que o sujeito do carro ao lado está fazendo.

— Quando está a 80 km/h, você está andando mais de um metro por segundo. É uma questão de física. E quem dirige a 80 km/h?

Ninguém que eu conheça. Mais alguma pergunta?

— Qualquer atividade que distraia quem está dirigindo é potencialmente perigosa.

Ok, patrulheiro, já terminou?

— Você é o guardião do seu vizinho. Se dirigir sem cuidado, não irá fazer mal apenas a si mesmo, mas colocará todos em perigo.

Então esse cara é um completo idiota?

— Eu diria pouco inteligente.

Patrulheiro, você é mais gentil do que eu.

Ok, sr. Imprudente, aqui vai uma dica: da próxima vez que quiser ver TV, faça-nos um favor, estacione o carro.

28 DE JANEIRO DE 2003

ENTERRE O MAIÔ E OUTRAS DICAS DA FLÓRIDA

Olhe! Lá no céu! O que é aquilo que está encobrindo o sol? É um avião? É um dirigível? É um grupo de gansos do Canadá?

Não, é só a migração anual do Grande Pássaro da Neve de Barriga Branca, deixando seu lar na área da Filadélfia para passar o inverno no sul da Flórida.

Com a queda das temperaturas na região nordeste, o fluxo em direção ao sul adquiriu um ritmo frenético.

Os sinais estão em toda parte: casas escuras, hotéis para animais de estimação lotados, correspondência acumulada, escritórios vazios. Você já tentou conseguir uma vaga de estacionamento a longo prazo no aeroporto ultimamente?

Os pássaros sem asas estão indo para o sul em massa, alguns por poucos dias, alguns até a primavera, e eu só tenho uma pergunta: o último a sair poderia deixar suas ceroulas, por favor?

Ao contrário da maioria dos pássaros migratórios, o Grande Pássaro da Neve de Barriga Branca não conta com a proteção das leis federais, o que faz sentido, eu acho, considerando que é o único ser a voar em classe econômica usando muita roupa.

Eu passei 12 anos vivendo na zona de impacto da invasão anual — Palm Beach County — observando os barrigas brancas interagirem, em geral desastrosamente, com as espécies nativas. Eu costumava ajudar.

Eis o que os pássaros da neve precisam saber antes de levantar vôo: os floridianos sorriem quando tiram seu dinheiro, mas não se engane, eles vão gargalhar quando você der as costas. O assassinato de pássaros da neve é um dos passatempos favoritos no Estado do Sol Nascente — e não existe um limite legal.

A segunda coisa que os pássaros da neve precisam saber é que, apesar do céu aprazível e da areia branca, aquilo é uma selva. Nesse lugar, existem camisetas com os dizeres: "Não atire; eu moro aqui!"

Por isso eu reuni estas Dicas de Sobrevivência para ajudar meus vizinhos migratórios a evitarem danos e o ridículo enquanto estiverem se aquecendo:

Deixe o maiô em casa. Eu sei que ficava certinho quando você treinava com o Mark Spitz, mas o tempo passou. Os pássaros da neve tendem a seguir a regra inversa: quanto maior o corpo, menor a roupa de banho. Resista e cubra-se.

Tente não fritar. Muitos pássaros da neve assumem que as férias são uma bomba, a menos que voltem para casa desfilando queimaduras de terceiro grau. O visual camarão certamente irá mostrar que você migrou no inverno. Os floridianos passam anos aperfeiçoando seu câncer de pele; não tente conseguir o mesmo efeito em uma semana.

Fique longe dos velhos. A grande população de idosos no sul da Flórida parece inofensiva, mas não se deixe enganar. Já vi velhos brigarem por vagas de estacionamento. Em novembro, um homem de 74 anos morreu por causa de um ferimento na cabeça sofrido durante uma briga na fila por ingressos de cinema. Idade do suspeito: 68 anos.

Não se transforme em animal morto na estrada. Seguindo o mesmo raciocínio, meu conselho é que você fique longe das estradas. Você acha que os motoristas da Filadélfia estão descontrolados? Somos um bando de Mario Andrettis comparados com os da Flórida, muitos dos quais não fazem exame de visão desde que Grover Cleveland era presidente. Eu vi motoristas entrarem com os carros em piscinas, vitrines de lojas, extintores de incêndio, e muito mais. O Sr. Magoo continua vivo — e dirige um Buick em Delray Beach.

Fale como os nativos. Boca Raton, onde eu morava, tem muito orgulho de si mesma (provavelmente porque é o lugar com o maior número de plásticas *per capita* do mundo). Se não souber pronunciar corretamente o nome da cidade, estará marcado para o resto da vida. Por isso, repita: Bouca Raton. Com o "ton" fechado. Se realmente quiser impressionar os nativos, diga apenas: "Bou-ca".

Esqueça as mentiras. Não telefone para um amigo de Fort Lauderdale que você não vê há séculos para dizer: "Eu estava morrendo de saudade, Cuz". Ele vai entender tudo. Todos os floridianos já caíram nesse tipo de golpe. Se quiser mostrar aos seus amigos da Flórida que gosta deles, faça a visita em agosto. Se quiser um lugar para se hospedar de graça em fevereiro, procure o abrigo para moradores de rua.

Não se deixe enganar pelo pássaro madrugador. A grande instituição da Flórida, a especial para os madrugadores, oferece comida muito ruim em horários profanos por preços inacreditavelmente baixos. Os nativos evitam esses lugares como a peste. Se quiser se enturmar, também deve fazer isso.

Agora vá se divertir no sol.
Quanto a mim, vou pescar no gelo.

4 DE FEVEREIRO DE 2003

O 11 DE SETEMBRO MUDOU NOSSA VISÃO DA TRAGÉDIA

No sábado de manhã eu estava na lanchonete de uma escola com outros 200 pais de várias cidades do sudeste da Pensilvânia recebendo treinamento para participar do júri de uma competição regional.

Por volta das 9h30min, um homem com um celular na mão entrou e sussurrou algo para o coordenador; depois, anunciou em voz alta: a nave espacial Columbia aparentemente explodiu sobre o Texas.

Nesse momento, percebi como os acontecimentos do 11 de setembro de 2001 nos afetaram.

Duzentas pessoas em um salão, e fizemos o seguinte: coletivamente, momentaneamente, inclinamos o corpo para trás. Engolindo o ar com a respiração curta. Piscando o olho longamente.

Alguns engasgaram. Um homem que estava mais atrás pediu para que a informação fosse repetida. Outro quis saber quantas pessoas estavam a bordo. Uma mulher disse: "Oh, meu Deus!"

E isso foi tudo. Retomamos a reunião como se nada tivesse acontecido. Nosso choque coletivo durou cerca de 90 segundos.

Voltemos 17 anos e quatro dias, para 28 de janeiro de 1986. Eu era professor-assistente da Ohio State University, estava dando aula de edição para uma classe cheia de alunos do segundo ano do curso de jornalismo.

A porta abriu e uma jovem do jornal da faculdade entrou correndo na sala, visivelmente abalada. "A nave espacial explodiu", ela disse.

A televisão mostrou várias vezes as imagens agora famosas da fumaça branca no céu azul sobre o Atlântico. As pessoas cobriram a boca com a mão, os olhos se encheram de lágrimas, os rostos ficaram pálidos. Ficamos imobilizados durante horas, e nossas vidas ficaram em compasso de espera durante dias, enquanto a nação cambaleava com a dor e o choque.

Uma paisagem modificada

Sentado com aqueles pais no sábado, a sensação de *déjà vu* era palpável. E, ainda assim, havia algo irritantemente diferente.

Fiquei surpreso — e um pouco atônito — com a rapidez com que processamos a tragédia, com que a compartimentalizamos, e seguimos em frente.

O que levamos semanas para superar após o acidente com a *Challenger* tomou agora menos de dois minutos. Nenhuma palavra foi dita sobre isso pelo resto da manhã. Os oradores levantaram e se sentaram, as apresentações foram feitas, as tarefas distribuídas, e perguntas foram feitas.

Foi como se nada tivesse acontecido de verdade com a *Columbia*. Como se tivéssemos ouvido falar de algo que acontecera em um *reality show*. Verdadeiro, mas não de verdade.

Nossa ambivalência me surpreendeu, mas não me chocou. Na esteira do 11 de setembro, a explosão de uma nave espacial sem a interferência de algum desígnio nefando era trágica, certamente, mas de certa maneira menos do que todos sabíamos ser possível.

Tenho vergonha de admitir que imediatamente me vi comparando os números. Sete mortos. Sete vidas, sete dos melhores e mais brilhantes. Heróis, desaparecidos num instante. Terrivelmente triste. E mesmo assim...

Sete não é 700. Ou 7 mil.

E mesmo assim...

Um acontecimento fatal na atmosfera da Terra com um objetivo inerentemente arriscado como o das viagens espaciais nada tem que ver com terroristas atingindo os americanos comuns realizando tarefas de suas vidas diárias.

Uma escala da tragédia

E mesmo assim...

A morte causada pela fúria da natureza não é a morte provocada pelo ódio humano.

Na escala posterior à tragédia nacional do 11 de setembro, essa se abateu sobre menos que 10. Não se trata de minimizar a perda, profunda e dolorosa, mas reconhecer o contexto.

Nós mudamos. Nosso país mudou. Ficamos mais rígidos, mais duros. Nossos corações não ficaram menores, mas a inocência — aquele otimismo e crença cega na bondade que fizeram a fama dos americanos — foi abrandada.

Fomos lembrados — de maneira horrível — de que este mundo é perigoso, um lugar imprevisível, e a morte pode chegar a qualquer momento para qualquer um.

No sábado à noite, enquanto assistia à tragédia do *Columbia* exibida pela CNN, outra notícia chamou a atenção para a fragilidade da vida: sete alunos do colegial, crianças como as suas ou as minhas, foram enterradas por uma avalanche na Columbia Britânica. Outras sete estrelas brilhantes que se apagaram.

10 DE FEVEREIRO DE 2003

SUA LOJA MONOPOLIZA O MERCADO DA DIGNIDADE

Quando se trata de câncer de mama, Marguerite Spina diz às suas clientes: "Já passei por isso, já fiz tudo isso".

Treze anos atrás, ela era uma esposa e mãe de West Chester; trabalhava no atendimento de reclamações de seguro de veículos, levando sua vida alegremente.

Então ela descobriu o caroço. "Foi isso o que fez as coisas acontecerem", ela disse. Marguerite deixou sua vida comum e adentrou um mundo que ninguém quer conhecer — um mundo de médicos e hospitais, quimioterapia e cirurgia.

Antes de chegar ao fim, ela perdeu seu cabelo. Perdeu seu seio esquerdo. E quando chegou o momento de recolher os pedaços e seguir em frente, quase perdeu também sua dignidade.

Essa é a parte que continua com ela depois de todos estes anos — o humilhante calvário para encontrar uma peruca que cobrisse sua cabeça careca e um seio de silicone para preencher o vazio debaixo da blusa. Os vendedores não conseguiam esconder seu desconforto, o que fazia com que se sentisse desconfortável consigo mesma.

Um dia ela se viu sozinha no depósito de uma farmácia, diante de uma parede coberta de caixas. Teria que vasculhar todas as caixas para encontrar um seio artificial compatível com ela.

Ela concluiu que aquilo não estava certo. E começou a sonhar com uma loja especializada em uma coisa: ajudar as mulheres a percorrer o mundo aterrador do câncer de mama mantendo a dignidade intacta.

UM LUGAR MELHOR PARA IR

— As mulheres precisavam de um lugar melhor para ir, onde não fossem tratadas como cidadãos de segunda classe.

Agora uma avó saudável de 58 anos, Marguerite Spina realizou seu sonho. É proprietária da butique Yellow Daffodils Wig Salon & Post Mastectomy, na Downingtown Pike, nº 961. Com um nome desses, pode apostar que não entram muitos curiosos.

Suas clientes chegam recomendadas pelo boca-a-boca de médicos e outras sobreviventes de câncer de mama. Elas vêm de todos os lugares. Uma senhora veio dirigindo desde Long Beach Island, Nova Jérsei.

A loja fica em uma casa de fazenda reformada entre West Chester e Downingtown. Ao abrir a porta, a impressão é de que entramos na sala de uma família, com móveis de vime e flores frescas.

Quatro das sete mulheres que ali trabalham são também sobreviventes do câncer de mama.

— Isso não é um requisito para o emprego — diz Marguerite. — Simplesmente aconteceu.

As mulheres procuram manter uma atmosfera tranqüila e otimista enquanto ajudam as clientes com perucas, chapéus, roupas de baixo e seios artificiais.

— Ouvi algumas pessoas dizerem "esta é a primeira vez que consigo rir desde que tudo começou" — disse Marguerite.

Mas o negócio às vezes pode ser triste.

Suas clientes podem ter até 12 anos. No mês passado, uma jovem de 17 anos com a cabeça cheia de cabelos foi comprar uma peruca já se antecipando aos efeitos da quimioterapia. A maioria das mulheres tem entre 40 e 50 anos.

— Muitas mulheres entram aqui e vejo que não vão conseguir.

Tristeza e satisfação

São as que você não esquece depressa. Uma senhora com um tumor na cabeça veio procurar uma peruca. Ela disse a Marguerite que os médicos haviam lhe dado duas opções: não seguir qualquer tratamento e viver 90 dias ou fazer radioterapia e viver seis meses.

— Eu nunca mais a vi — disse Marguerite.

Além disso, na Yellow Daffodils a campainha pode tocar perto de casa. Kim Ledgerwood venceu o câncer vários anos atrás e passou os últimos quatro anos trabalhando na loja, onde se tornou integrante querida da equipe.

Então o câncer voltou. Ela lutou durante pouco mais de um ano. Mas ele continuou se espalhando.

A amiga morreu três semanas atrás. Estava com 46 anos, e deixou o marido e dois filhos.

Marguerite e as outras mulheres que ali trabalham compensam a tristeza com a satisfação de saber que estão ajudando as mulheres num momento em que estão mais vulneráveis. Não existe cobrança para a atenção, a empatia e os abraços.

— Nós já passamos por isso — disse Marguerite. — É uma espécie de sistema de companheirismo.

Com uma média de dez clientes por semana, Marguerite não ganha muito dinheiro. "Dá pra pagar o aluguel quase todos os meses", ela disse.

Mas não é por dinheiro que ela está ali.

Ela está ali para dar esperança às mulheres que estão atravessando esse momento sombrio em suas vidas. Sua simples presença simboliza uma mensagem que elas precisam receber nesse momento: nós sobrevivemos, você também pode.

11 DE FEVEREIRO DE 2003

TENTANDO COMPRAR UMA ARMA

— Quero comprar uma arma — eu disse.

O jovem do balcão de equipamentos esportivos do Wal-Mart não perdeu tempo.

— Em que tipo de arma está pensando? — ele perguntou, abrindo o armário.

O nome dele era Bob, tinha o cabelo descolorido e usava calças largas, de cintura baixa. Pedi para ver a mais barata. Bob pegou uma arma calibre 20 de um único tiro com uma etiqueta de preço de 85 dólares.

Era um negócio e tanto. Eu havia me preparado para gastar algumas centenas de dólares.

Bob colocou a arma na minha mão. Eu não procurei disfarçar minha ignorância.

— Como é que se carrega uma coisa dessas?

Ele me mostrou como abrir o tambor, colocar uma bala e fechá-lo de novo.

— Aí você já está pronto para atirar — disse Bob.

Eu tinha ido até aquela loja do Wal-Mart perto de Quakertown, em Upper Bucks County, só para ver como era fácil — e rápido — comprar uma arma.

O que me levara até lá fora o suicídio de Richard Lee, de Willow Grove.

No dia 2 de fevereiro, a polícia informou, Lee, 25 anos, entrou em um Wal-Mart em Horsham e, depois de passar por uma rápida verificação de antecedentes, comprou uma arma calibre 20. Depois foi de carro até um Wal-Mart em Warminster e comprou as balas.

Dali, ele foi direto para a Cavalier Telephone, em Warminster, de onde tinha sido despedido, e começou a atirar. O último tiro, disse a polícia, foi contra ele mesmo.

Felizmente, não havia ninguém presente à violência que explodiu no domingo à noite, e Lee foi a única vítima. Mas não é preciso muita imaginação para avaliar o que poderia ter acontecido se ele tivesse chegado durante o horário de trabalho.

Nenhuma pergunta complicada

Por isso, na sexta-feira fui até o Wal-Mart para testar em primeira mão as medidas de segurança que haviam falhado e não conseguiram salvar Richard Lee de si mesmo. Olhei rapidamente para o tambor e disse: “OK, vou levar”. Eu tinha ficado no balcão durante quatro minutos.

Estava esperando que Bob questionasse minha inexperiência e meus motivos para querer comprar uma arma barata. Eu tinha feito algum curso sobre segurança? Tinha alguma prática no manuseio de armas de fogo?

Em vez disso, ele me pediu dois documentos de identificação e me deu um formulário federal com uma série de perguntas com respostas sim/não que deveriam revelar tendências para a instabilidade e a criminalidade.

Se eu já tinha sido condenado por algum crime. Se já tinha sido alvo de algum mandado de prisão. Algum caso de abuso doméstico. Doença mental. Direção alcoolizada. Algum tipo de vício.

Eles realmente acreditavam que eu diria a verdade se estivesse com más intenções?

Dei uma nota de 2 dólares a Bob para o exame de antecedentes criminais e ele telefonou para o setor de informações da Polícia da Pensilvânia.

Dez minutos depois ele voltou com uma caixa e empacotou minha arma.

— Isso significa que passei?

— Sim. Sem problemas — Bob respondeu.

Perguntei se também poderia comprar balas para a arma. Bob se desculpou e disse que segundo as normas da empresa isso não era permitido.

Nós não queremos que as pessoas comecem a atirar até estarem em lugar seguro fora da loja, certo? Se a restrição em relação à munição visava servir de impedimento, não era muito eficiente. Havia uma loja Kmart do outro lado da rua que vendia munição.

Pensando melhor

Bob registrou a minha compra, e eu peguei meu cartão de crédito. Assim que pagasse, poderia sair da loja com minha nova arma.

Mas eu não queria aquela arma, e no Wal-Mart, como em outras lojas de armas que investiguei, todas as vendas de armas são finais. Não existe devolução; nem troca.

Por isso, no último minuto, desculpando-me com Bob por ter tomado seu tempo, eu desliguei o botão da minha breve experiência e saí da loja de mãos vazias. Todo o processo levou 27 minutos.

Só por diversão, atravessei a Route 309, entrei no Kmart e comprei uma caixa de balas Winchester Super-X calibre 25 por menos de 4 dólares. Não me pediram identidade; não me fizeram qualquer pergunta.

No caminho para casa, eu não estava me sentindo especialmente homicida ou suicida ou instável. Mas se estivesse — e se não tivesse desistido de comprar a arma no último minuto —, eu estaria, nas palavras de Bob, "pronto para atirar".

Depois fui verificar com a polícia estadual em Harrisburg, que confirmou que Bob havia feito tudo o que a lei exige. A Pensilvânia não exige treinamento em segurança. Nenhuma prova de competência. Nem um período de treinamento. Nem mesmo uma espera de 24 horas. Apenas 27 minutos e dois documentos de identificação.

Isso não foi suficiente para impedir Richard Lee. E também não será suficiente para impedir o próximo Richard Lee.

21 DE FEVEREIRO DE 2003

Cansado dos telefonemas de vendedores? Tente uma tática defensiva

Quase todo mundo concorda que o trabalho em telemarketing está entre as mais rasteiras formas de vida no planeta, ficando em algum ponto entre o mofo e o fungo. A única diferença é que eles têm mais agilidade para discar.

Eles telefonam na hora do jantar para vender um programa de tempo compartilhado. Ou no domingo, para vender cartões de crédito. Depois do aniversário, para vender fundos de investimento. Depois que alguém morreu, para vender jazigos.

Telefonam. Telefonam. Telefonam.

O governo está tentando nos proteger, mas, convenhamos, as leis de uma sociedade civilizada não significam muita coisa para as formas inferiores de vida. Desde que a lei "Não telefone" entrou em vigor em 1º de novembro na Pensilvânia, a procuradoria geral do estado recebeu mais de 3 mil reclamações de pessoas que ainda estão sendo incomodadas apesar de terem se cadastrado para não receber telefonemas.

Você também pode pedir delicadamente às baratas para não entrarem no seu armário. Às vezes você só precisa pegar o inseticida.

Eu não estou defendendo o voluntarismo, mas em nossa casa decidimos tomar a lei em nossas próprias mãos.

O fingimento é a chave do Sistema de Defesa Grogan contra o Telemarketing (SDGCT).

Certa noite, estávamos lendo na cama quando tocou o telefone. Minha mulher ouviu por um minuto antes de dizer com uma voz emocionada: "Desculpe, mas não, meu marido não pode falar. Ele morreu ontem à noite".

Ela mal terminou de falar quando — *click* — o atendente já tinha ido atrás de outra vítima. Eu deveria ter ficado emocionado, mas não sei. Ela parecia alegre demais inventando minha morte. Será que preciso me preocupar?

O JOGO DE NOMES

Como qualquer operação militar, o SDGCT bem-sucedido exige detecção rápida. Nós temos sobrenomes diferentes. Qualquer um que peça para falar com a sra. Grogan ouve um "Desculpe, não tem ninguém com esse nome". *Click*.

Nomes atrapalhados são outra deixa. Se você não quiser que eu desligue na sua cara não me chame de "Sr. Gorggins".

Outra arma importante é a clássica manobra AAD, desenvolvida pelo meu pai, de 87 anos, que passou os primeiros dez anos da aposentadoria ouvindo educadamente todo tipo de papo furado antes de decidir revidar.

AAD — Alô, Alô, Desligar. Essa estratégia visa a discagem automática — arma ofensiva básica do telemarketing.

A discagem automática é o equivalente do canhão para o telemarketing. Mas tem uma falha fatal: não se pode hesitar um único segundo, a ação precisa ser rápida, antes que o atendente do outro lado da linha possa responder.

O senhor se importa em compartilhar sua técnica, papai?

Pessoalmente, sou adepto da doutrina da força devastadora preconizada por Colin Powell, ex-Secretário da Defesa. Isso significa permitir que minha filha de 6 anos atenda o telefone.

Vendedor de telemarketing: — O sr. John Gorggins está?

Colleen: — O Papai Noel me trouxe um forno da Barbie no Natal.

Então ela passa uns 20 minutos descrevendo em detalhes os segredos de como fazer um bolo no forno da Barbie sem dar sinais de que pretende sair do telefone.

Ela sempre consegue dar uma canseira neles.

Poderia falar mais alto?

Minhas outras armas secretas são meus dois filhos, aspirantes a músicos. Um deles está aprendendo a tocar trompete; o outro, violino.

Eles gostam de praticar ao mesmo tempo. Na mesma sala. Em chaves diferentes. Nossos dois cachorros começam logo a latir feito malucos, imaginando que um gato está sendo torturado na casa do vizinho.

Adultos que já estiveram em nossa casa durante o ensaio nos perguntam como é que nós agüentamos. Mas eu apenas observo, com um sorriso de maníaco, uma das mãos segurando o telefone, esperando que um vendedor de telemarketing se atreva a ligar.

Vamos lá, amigo; me dê uma alegria.

Eu admito, essa tática talvez represente uma violação da Convenção de Genebra, mas a gente faz o que tem que fazer.

É claro que a franqueza também funciona.

Alguns meses atrás, uma mulher muito metida tentou me vender um apartamento "no excitante bairro teatral da cidade de Nova York". Eu cortei a conversa.

— Caia na real — eu disse. — Tenho três filhos, dois cachorros, três pintinhos e uma hipoteca equivalente ao produto interno bruto da Lituânia. Minha mulher e eu já achamos o máximo quando conseguimos dar uma escapada no fim de semana para comprar leite. E também temos a poupança para a faculdade. Você sabia...

Click.

E olha que eu estava apenas começando.

8 DE ABRIL DE 2003

QUEIMANDO A BANDEIRA EM UM GESTO DE AMOR

O sol estava se pondo na linha do horizonte, havia um friozinho no ar, quando levei meus filhos até o fundo do quintal para queimar a bandeira americana.

Não era um ato de raiva ou contestação ou mesmo desafiador. Nada disso.

A bandeira da nossa família era um negócio de náilon, desses que você compra por 10 dólares em qualquer lojinha. Era hasteada no Memorial Day e no 4 de Julho e às vezes por pura diversão. Para falar a verdade, havia se transformado em um símbolo menos patriótico do que o nosso jardim. Eu gostava de vê-la pendurada na varanda de trás, sobre as rosas e as margaridas. Minha mulher e eu tentávamos lembrar de trazê-la para dentro à noite, mas em muitas ocasiões ela passou algumas temporadas do lado de fora, pegando chuva e sol.

Com o passar dos anos, ficou desbotada, depois gasta e então rasgada. A última vez que a desfraldamos — nos dias sombrios após o 11 de setembro de 2001 —, uma brisa forte acabou com ela, cortando-a em várias tiras tristes. Eu simplesmente enrolei o que restou ao redor do mastro e guardei em um canto da garagem.

Eu sabia que isso não era jeito de tratar a bandeira americana, esse orgulhoso símbolo de liberdade e sacrifício; e prometi a mim mesmo que encontraria uma forma de dar a ela o fim merecido. Mas na correria da vida no subúrbio, com trabalhos no quintal, consertos na casa e partidas de futebol, tornou-se uma prioridade menor.

O QUE ELA REPRESENTAVA

Enquanto as semanas se transformaram em meses, a velha bandeira rasgada me encarava. Comecei a pensar no que ela realmente representava e em quantos americanos haviam depositado a vida a seus pés em 200 e tantos anos.

Quantos haviam morrido no 11 de Setembro somente por viverem sob a bandeira. Quantos continuam a lutar e morrer em seu nome atualmente. Diante deste mundo novo, diferente, não havia muito que eu pudesse fazer, mas poderia agir corretamente com a velha bandeira.

Assim, num final de tarde claro e com ar revigorante, com as estrelas despertando no firmamento como que para servirem de testemunhas, fui com meus filhos, de 9 e 10 anos, até a garagem e juntos tiramos nossa velha bandeira do mastro e dobramos os restos da melhor forma que pudemos para formar um triângulo. Nos tempos de escoteiro, aprendera a dobrar perfeitamente a bandeira americana. Mas já fazia alguns anos que não me preocupava mais com isso. Precisei tentar algumas vezes até fazer direito.

Entreguei a bandeira dobrada para o meu filho mais velho carregar, e nos dirigimos ao canto dos fundos do jardim, onde fica o círculo de fogo. Os meninos juntaram gravetos que estavam embaixo dos pinheiros. Logo tínhamos um fogo pequeno, que alimentamos com galhos de nogueira e bordo até as chamas saltarem alegremente na noite.

Vendo o brilho, dois meninos da vizinhança vieram se juntar a nós. Eu contei a eles o que iríamos fazer e expliquei os motivos.

Momento de silêncio

Sem que ninguém dissesse nada, um dos meninos perguntou: "Não deveríamos fazer um minuto de silêncio?" E todos concordamos que era uma boa idéia. Ficamos em pé por um minuto ou mais, e o único som que se ouvia era o dos gravetos queimando na fogueira.

As crianças às vezes conseguem nos surpreender. Essa noite foi uma dessas ocasiões. Novamente, sem que alguém dissesse qualquer coisa, um dos meninos colocou a mão direita sobre o coração e começou: "Prometo ser leal à bandeira..."

E o resto se juntou a ele. "... dos Estados Unidos da América...

"E à República que ela representa....

"Uma nação sob Deus...

"Indivisível...

"Com liberdade e justiça para todos."

Peguei a bandeira dos braços do meu filho e a coloquei sobre a lenha. As chamas a envolveram imediatamente assim que o náilon pegou fogo, e observamos em silêncio enquanto as Estrelas e Faixas se enrolavam e desapareciam nas cinzas.

Esfarrapada e gasta, essa nossa humilde bandeira havia honrado nosso lar nos bons tempos e em tempos muito ruins, na alegria e em grandes tristezas, no orgulho e na angústia. Tinha visto a chegada de bebês e a morte de americanos. Agora, apesar de muito atrasada, havia se aposentado oficialmente, e de maneira apropriada.

Ficamos em círculo durante muito tempo; os meninos, normalmente barulhentos e bobos, nada disseram. Seus rostos doces refletiam o brilho da luz alaranjada do fogo. Por mais que tentasse evitar, e esperando que isso não acontecesse, não consegui deixar de pensar na guerra para a qual eles talvez sejam chamados algum dia para lutar.

Finalmente, meu filho mais novo falou:

— Papai, não vamos ter outra bandeira?

— Pode apostar que sim — eu disse.

27 DE JUNHO DE 2003

Durante o tratamento, uma lembrança das dores no final da vida

Enquanto dezenas de colegas estavam agachados no deserto iraquiano com as tropas americanas, eu estava envolvido em uma luta de vida ou morte inteiramente diferente.

Meu posto ficava em uma clínica de repouso no Bucks County, e durante um período de seis semanas testemunhei a guerra contra esse inimigo insidioso chamado idade.

Posso dizer uma coisa: como todas as guerras, essa foi infernal.

O que me levou à clínica não foi a mera curiosidade jornalística, mas a necessidade médica. Duas hérnias de disco no meu pescoço me obrigaram a procurar um fisioterapeuta. Encontrei um muito bom, cujo consultório ficava em um espaço alugado no porão da clínica de repouso, ao lado de um pequeno salão de beleza onde, todas as manhãs, senhoras de idade causavam um congestionamento de cadeiras de rodas com suas manobras para ocupar um lugar e arrumar o cabelo.

Eu ia três vezes por semana, de manhã, para fazer exercícios e tração. Muitos dos pacientes, como eu, eram o que meu fisioterapeuta descrevia como "sujeitos de 40 e pouco que ainda acham que têm 20". Homens de meia idade que exageraram e se machucaram estupidamente.

Sim, eu era assim.

Mas nós éramos minoria. A maioria dos pacientes do fisioterapeuta era composta por residentes da clínica de repouso. Por volta das 8h30min da manhã, começavam a chegar com os acompanhantes em seus uniformes floridos. Alguns se apoiavam em bengalas, outros, em andadores. A maioria chegava em cadeiras de rodas.

Estavam fracos, bastante rígidos, sentindo dores — e eram muito velhos, nas últimas páginas do longo livro de suas vidas. O fisioterapeuta não fingia que estava resolvendo seus problemas. Seu trabalho era simplesmente ajudálos a passar cada um dos dias que lhes restavam com um pouco mais de conforto.

Com o passar das semanas, fiquei conhecendo vários deles e o mundo que habitavam. É um mundo que a maioria de nós nem percebe ao longo da vida. Um mundo de horas e incontáveis dias vazios, não desagradáveis, mas sem futuro, onde a única saída é a morte.

Conheci Anna, mulher que parecia um passarinho com seu cabelinho branco, que chegou com o braço em uma tipóia por causa de uma queda. O fisioterapeuta e sua assistente de 24 anos tentaram animá-la a fazer alguns exercícios leves. Ela não queria nada daquilo.

— Por que estou aqui? — ela perguntou.

— Vamos trabalhar com esse braço.

— Por que não consigo ouvir o que está dizendo?

O fisioterapeuta não deu importância para a pergunta, mas ela insistiu, desta vez mais ansiosa. Ele se ajoelhou diante dela, o rosto bem próximo ao dela, e disse bem alto, mas delicadamente: "Acho que tem que ver com a idade, Anna".

Também conheci a gorducha e alegre Sue, que todas as manhãs deitava em uma mesa baixa, lutando para erguer os quadris alguns centímetros no ar. Um dia, ela exibiu um sorriso doce e disse para mim: "Minha mãe vivia dizendo 'não fique velha'". Então ela parou, e o sorriso desapareceu de seus lábios. Por algum motivo as coisas tinham acontecido daquele jeito.

Do outro lado da sala estava Doris, ligada a um tanque de oxigênio e vestida com improváveis sapatos de salto alto roxos. Sua missão era sair da cadeira de rodas sem ajuda. Ela se mexeu para criar ímpeto.

— Um, dois, três. Lá vamos nós — a acompanhante dizia para alegrá-la. Doris tentou várias vezes.

— Eu simplesmente não consigo — ela disse.

A situação mais triste era a de Violet, que, ao que tudo indicava, havia desistido. Sua tarefa era puxar uma corda por uma polia. Mas ela simplesmente deixava o cordão trançado escorrer de suas mãos sem vida.

O terapeuta advertia: "Vamos lá, Violet. O que está acontecendo com você? Mostre que você ainda tem alguma coisa no corpo para trabalharmos".

Mas Violet não reagia. Desistira. Ficava sentada, olhando para o vazio à sua frente.

No último dia, encontrei o lugar quase vazio quando cheguei. Não vi os meus amigos mais velhos e por alguns segundos fui tomado pela tristeza. Teria chegado a sua hora? Para todos de uma vez?

Mas depois de alguns minutos eles foram chegando. Doris, ainda com o oxigênio, mas desta vez com sapatos mais sensatos; Anna, com as feridas ficando amareladas; a sempre alegre Sue; o magérrimo Ray. E a pobre Violet.

Enquanto lutavam para fazer seus exercícios, gemendo e retrocedendo, a jovem assistente trabalhava os músculos do meu pescoço; ela abaixou a cabeça e sussurrou no meu ouvido: "Meu Deus, espero nunca ficar velha".

12 DE AGOSTO DE 2003

Distraídos pelos celulares

Não faz muito tempo, eu era um virgem do celular. Não tinha e não queria ter um. Tinha um telefone no trabalho e um telefone em casa, e essa era toda a ligação que eu queria ter com o mundo.

Para mim, ficar ligado significava tomar um café expresso duplo, e não colocar minha vida à disposição da telefonia móvel.

Naqueles dias A.C. (antes do celular), eu me divertia fazendo piadas sobre os escravos da caixinha de conversa que se julgavam importantes e estavam convencidos de que o mundo iria parar — com uma brecada violenta — se eles ficassem fora do alcance por um único segundo. Eu os via nos restaurantes, shoppings, festas e piqueniques, e ficava pensando no que poderia fazer com que falassem tanto.

Agora sou um deles, um convertido ao celular. E não fico mais pensando. Jamais saberei como é que consegui ficar sem uma coisa dessas. Equipado com meu comunicador móvel, eu me sinto como o sr. Spock em um episódio de "Guerra nas Estrelas".

Mas, como quase todos os donos de celular, tenho um problema. Não consigo resistir ao meu — para checar mensagens de voz, falar com meus editores, retornar mensagens — enquanto dirijo pela estrada em uma caixa de duas toneladas a uma velocidade perigosa.

Como se as estradas lotadas da Filadélfia já não tivessem problemas suficientes, agora foram invadidas por um grande exército de idiotas tagarelas ao volante. Para eles eu digo: apresentem-se ao trabalho!

Aquele negócio da visão

Meus soldados favoritos nessa missão são os membros da brigada bifocal (para a qual fui recrutado recentemente). Eles desviam de nós no trânsito, com uma das mãos no volante e a outra segurando o celular na ponta do braço totalmente esticado enquanto examinam o teclado, tentando encontrar os numerozinhos.

Nós, conversadores que pegamos a estrada todos os dias para ir ao trabalho, esquecemos dos pontos cegos, dirigindo e ultrapassando na hora do rush — enquanto tagarelamos sobre detalhes da nossa vida.

Se você perceber nossa aproximação, cuidado, porque não tomaremos cuidado com você.

Pelo menos quando nos empurrarmos para fora da estrada poderemos discar para o 911 assim que acontecer o acidente.

Você acha que é isso o que as empresas de telefonia móvel imaginam quando dizem que devemos manter contato com os outros?

Um estudo pioneiro a respeito dos hábitos dos motoristas realizado pela University of North Carolina pinta um quadro preocupante em relação à distração. As gravações de motoristas na Filadélfia e na Carolina do Norte mostraram que 30% falavam ao celular enquanto dirigiam. O motorista médio levou 13 segundos para digitar o número em um celular. A 100 km/h, isso significa que o carro andou quase 500 metros com o motorista olhando para o telefone. Meu Deus!

O estudo revelou que 40% dos motoristas lêem ou escrevem atrás do volante, normalmente enquanto estão parados.

Outros 46% se arrumam enquanto dirigem, e 71% conferem um novo significado ao termo *fast-food,* comendo ou bebendo enquanto seguem com pressa. Nesse último quesito, estou entre os culpados. Se acrescentar mais alguma coisa ao meu *buffet* dentro do carro, vou precisar tirar uma licença especial.

Um barbear atento

Em minhas viagens diárias, já vi de tudo: mulheres colocando maquilagem; homens usando barbeadores; casais se agarrando.

Conheço um sujeito que diz que toca violão enquanto dirige. Você deve se lembrar de que são necessárias duas mãos para tocar violão, de forma que ele certamente fica sem mãos para segurar o volante do carro nessas ocasiões. Em sua defesa, meu amigo diz que faz serenatas para o pára-brisa apenas quando cruza trechos solitários da estrada. Bom, por que não falou antes, Elvis?

O preço de todas essas distrações é a segurança humana. Como mostrou uma reportagem de Marian Uhlman no *The Inquirer* na semana passada, elas são responsáveis por quase um quarto de todos os acidentes de carro, segundo estimativas da Administração de Segurança do Tráfego nas Estradas.

Isso é muita distração.

Devo confessar que, desde que adquiri meu celular, às vezes olho para os lados no meio da conversa e percebo que não tenho idéia de como cheguei ali: num minuto estava em Baltimore, logo em seguida estou entrando em Chester. Mas o que aconteceu com Delaware?

Por isso, meus colegas de estrada, o que vocês dizem? Vamos tentar nos controlar antes que o governo resolva fazer isso por nós?

Eis um ponto de partida: prometo não telefonar pra você da estrada se você prometer não telefonar para mim.

25 DE AGOSTO DE 2003

Hei, já ouviu falar em cinzeiro?

Querido fumante: você não me conhece, mas eu o conheço.

Eu estava dirigindo atrás de você na hora do rush na Blue Route algumas sextas-feiras atrás.

Você deve lembrar, não é? O tráfego estava se arrastando debaixo de uma chuva intermitente.

Enquanto nos movíamos em um mar de luzes vermelhas dos freios, tive muito tempo para observá-lo. Não foi o seu estilo ao volante o que chamou minha atenção. Foi o seu cigarro.

Havia alguma coisa na maneira como você o segurava do lado de fora da janela, protegido da chuva pela mão encurvada. Havia algo na maneira como você o levava para o interior do seu carro novo, apenas o tempo suficiente para dar uma tragada rápida. Algo na forma com que você erguia a cabeça para exalar a fumaça de volta na direção da janela aberta e no modo com que você esticava o braço a cada meio minuto para bater as cinzas o mais longe possível do seu novo Toyota 4Runner.

Eu poderia dizer que você não queria que um cheiro ruim atrapalhasse sua viagem. Não poderia culpá-lo; eu também não iria querer isso.

Mas o seu modo enfastiado me fez sentir um certo desconforto. Tinha uma sensação ruim em relação ao lugar onde iria parar aquela bituca de cigarro.

— Ele não vai atirar aquela coisa pela janela, vai? — eu me perguntei em voz alta.

Para isso os carros vêm equipados com cinzeiros. Os americanos fumam mais de 400 bilhões — sim, bilhões — de cigarros por ano, segundo o Departamento de Agricultura, quase todos com filtro.

Um legado feio e antigo

Esses filtros de cigarro podem parecer algodão biodegradável, mas na verdade são feitos de filamentos plásticos que levam anos, até décadas, para se decompor.

Todos os anos, centenas de milhões dessas bitucas são jogadas pelas janelas dos carros, em pátios, jardins, de parapeitos e, é claro, em praias onde atraem os bebês como se fossem doces.

Eles não apenas se transformam em acréscimos semipermanentes na paisagem, mas o veneno que retêm acaba vazando e encontrando um caminho para chegar aos rios e lagos.

Encantador, não é mesmo?

Por isso, meu caro fumante, eu estava preocupado com essa sua bituca. Uma bituca pode parecer inofensiva, mas multiplique-a por 100 milhões e terá um risco ambiental. Qual seria o seu papel? Parte do problema ou parte da solução?

Eu o observei quando você puxou a bituca para dentro do carro para uma última, longa tragada. O momento da verdade havia chegado. Você iria apagá-la no cinzeiro do seu carro impecável? Ou iria fazer do mundo o seu cinzeiro?

Eu queria acreditar em você. Nem todos os fumantes são pessoas grosseiras, sem consideração, certo? Já conheci fumantes tão conscienciosos que carregam pequenas caixinhas de metal nos bolsos para colocar as bitucas até encontrarem um cinzeiro. Mas esses são exceção.

Muitos fumantes, ao que parece, se convenceram de que alguns bilhões de bitucas espalhadas nas beiras das estradas dos Estados Unidos não são grande coisa. Cada uma dessas bitucas é tão pequena que realmente não conta como detrito, não é mesmo?

Eu tenho um carinho especial por aqueles fumantes que usam conscienciosamente seus cinzeiros e então, quando estão cheios, esvaziam-nos nos estacionamentos públicos. Porcos. Verdadeiros porcos.

NÃO QUE SEJA UMA PESSOA RUIM

Captei seu rosto de perfil algumas vezes. Você parecia um tipo bastante decente de sujeito que trabalha muito, que paga suas contas e impostos. Um sujeito que sofre nas horas do rush para chegar em casa e encontrar sua família no subúrbio a tempo para o jantar.

Você parecia o tipo de pessoa que sequer consideraria a hipótese de atirar uma lata de refrigerante ou um saco com restos de sanduíche pela janela do carro.

E mesmo assim, ali estava você com uma bituca de cigarro na mão. Vi quando a equilibrou entre o polegar e o indicador e lentamente aspirou a última tragada.

E então, com um gesto simples dos dedos, você atirou a bituca para o ar, onde ficou na estrada em uma poça de água.

Em nome de todos nós que iremos viver com esse pequeno testemunho da sua falta de consideração pelos próximos 25 anos, eu gostaria de lhe agradecer. Em nome dos peixes e dos animais e dos pássaros. Em nome das plantas e do solo e da água. Em nome dos nossos filhos e netos. Obrigado pelo presente que continua nos dando.

9 DE SETEMBRO DE 2003

ESQUECENDO O QUE DEIXAMOS ESCAPAR

Arrependimentos. Todos nós os temos, alguns mais do que outros. Ultimamente, eu tinha apenas um: a casa que foi embora.

Eu a vi no primeiro dia de buscas por uma casa no sudeste da Pensilvânia, quando tropecei nela acidentalmente como se tivesse sido levado por uma bússola divina. Fiz uma volta errada e depois outra, e de repente estava completamente perdido em uma rua sem sinalização no campo. Segui por essa rua, descendo uma colina bastante acentuada e passando por um bosque.

Lá estava ela.

Junto às árvores, em um gramado que não havia sido aparado, suas paredes de pedra calcária brilhando ao sol da manhã — uma casa de fazenda dos anos 1840. Uma casa adorável, gloriosa, com os peitoris das janelas bastante profundos, telhado de ardósia e uma varanda na qual era possível imaginar os primeiros proprietários acenando para os filhos que partiam para defender a União.

Estava situada em um terreno de cinco acres ondulantes com uma fonte e uma bela vista. E na frente havia uma placa informando que estava à venda. Uau!

Esse era o lugar com o qual minha mulher e eu havíamos sonhado. Poderíamos fazer um jardim aqui, um galinheiro ali. O melhor de tudo é que no final da propriedade ainda restava uma casinha de pedra, que havia sido a sede original, esperando para ser transformada em um estúdio, onde eu poderia escrever.

Voltei depressa ao local com minha mulher e uma corretora. Ela abriu a porta da frente, e nossos corações desfaleceram.

Um dia a casa cai

As paredes estavam desmoronando. O piso era cheio de falhas. O telhado estava torto. Os fios estavam soltos. A cozinha havia desaparecido. Uma chapa elétrica e pratos sujos no banheiro revelaram o local usado agora para cozinhar.

De repente eu percebi por que a casa estava na faixa de preço que estávamos procurando. Para todos os lugares que olhávamos, víamos trabalho — e contas. A tubulação, a fiação, o gesso, a chaminé, o aquecimento, o teto, tudo precisava de conserto. Seriam necessárias dezenas de milhares de dólares só para tornar a casa habitável, e mais algumas dezenas de milhares — para não falar das centenas de horas do nosso tempo — se quiséssemos recuperar seu encanto original.

E mesmo assim, depois de um breve momento de silêncio, minha mulher e eu começamos a ter idéias.

— Poderíamos derrubar esta parede.

— A cozinha poderia ficar ali.

A corretora permaneceu em silêncio. Ela já havia passado por isso. Jovens casais com grandes sonhos, que se deixavam atrair por essa sedutora de pedra, que depois de prejudicá-los, expulsava-os, absolutamente quebrados.

Por fim, ela franziu a testa e disse:

— Você tem três filhos pequenos e um emprego novo. Por uma questão de consciência, eu não posso permitir que compre este imóvel.

Ela sabia o que estava dizendo. Nós mal tínhamos o dinheiro pedido para a compra, muito menos para as reformas necessárias.

Mesmo assim, nós hesitamos. Sofremos. Elaboramos um plano de trabalho para cinco anos. No final, seguimos o conselho da nossa corretora e compramos uma casa de dois andares no subúrbio, com uma lateral de vinil que não exige manutenção e um forno novo.

E vivemos felizes para sempre. Bem, quase. Por pura sorte, ficamos amigos dos vizinhos da velha casa da fazenda. E sempre que íamos visitá-los, lembrávamos da escolha que havíamos feito. A casa continuou vazia durante muitos meses, e sentíamos apenas alívio. Nós nos parabenizávamos por não termos nos metido naquele atoleiro.

Uma visão realizada

Mas então um jovem casal comprou a casa e começou a fazer tudo o que havíamos sonhado fazer. Arrancaram o mato do gramado, construíram um celeiro, fizeram um lago, ergueram uma cerca de grade.

Então, num dia em que fomos jantar na casa de nossos amigos, nós os conhecemos. E eles nos convidaram para ver o interior da casa. Não podíamos acreditar que fosse a mesma. Eles haviam mudado as paredes, consertado e pintado o gesso, reformado as tábuas do assoalho, instalado uma nova cozinha.

Ficamos emocionados com as coisas maravilhosas que eles haviam feito. Mas eu percebi no sorriso da minha mulher, e ela percebeu no meu. Por dentro, sentimos uma ponta de dor.

Era a casa que nós havíamos imaginado. Mas não era nossa. Era a casa que deixamos escapar. Arrependimento.

Minha vontade era negar ao casal os elogios que mereciam. Honestamente, eu queria odiá-los. Mas eles eram muito legais. Era preciso admitir que eles tinham o que me havia faltado: energia, habilidade, criatividade e, o mais importante, fé em sua visão para ir até o fim.

Sim, e o dinheiro, também.

Onde eu não vi outra coisa a não ser dor de cabeça, eles viram potencial ilimitado.

Eles merecem a mansão que conquistaram. E estou aprendendo a amar meu prêmio de consolação, com a lateral de vinil e tudo.

7 DE OUTUBRO DE 2003

VISLUMBRE MELANCÓLICO DA VIDA DE UMA ESTRANHA

Já passou um mês, e ela ainda me persegue.

De mundos completamente diferentes, nós nos juntamos brevemente — um homem branco, de meia idade, do subúrbio e uma jovem negra dos projetos.

Nós sequer falamos nossos nomes.

Eu estava indo de carro para um compromisso na cidade de Johnstown, no oeste da Pensilvânia, e me perdi.

Saí da estrada para pedir informações e percebi que estava no meio de uma série de edifícios baixos, de cor parda — um desses projetos habitacionais subsidiados. Vi alguns rapazes reunidos em grupos aqui e ali, matando o tempo. Em uma esquina, observei uma garota sozinha.

O cabelo preso num rabo e os óculos de armação de metal pousados no nariz davam-lhe um ar de colegial. Abaixei o vidro da janela e perguntei se poderia me dizer o que fazer para chegar até o centro da cidade.

Ela começou a me orientar e de repente parou e olhou para o céu, como se estivesse tentando resolver um enigma.

— Sabe de uma coisa? — ela disse. — Estou aqui há uma hora esperando pelo ônibus, e se não chegar na cidade em meia-hora, estou perdida. Pode me dar uma carona?

Se eu poderia lhe dar uma carona? Nos segundos que se passaram antes de eu responder, pensei em uma centena de motivos por que não poderia.

Éramos estranhos. Ela não sabia se deveria confiar em mim. Eu não sabia se poderia confiar nela. Era apenas uma menina. Em 2003, uma jovem não pode entrar no carro de um estranho, pode? E homens respeitáveis não permitem que isso aconteça, permitem?

O SOPRO DA IMPROPRIEDADE

E havia também a questão da aparência. Um sujeito mais velho pára o carro ao lado de uma mulher muito mais nova na esquina de uma rua; ela se inclina, depois entra no carro. Eu já podia me ver explicando todos os detalhes assim que virasse a esquina.

Tudo dizia que não. Ainda assim, havia algo em relação a essa jovem que me dizia que ela realmente precisava da carona.

— Eu poderia lhe mostrar o caminho — ela disse.

Eu ainda estava hesitante, mas disse de repente:

— Está certo. Entre.

Antes que eu pudesse limpar a bagunça no banco da frente, ela entrou pela porta de trás. E percebi em sua expressão que aquela era uma postura defensiva — o lugar mais fora do meu alcance.

— Atrasada para o trabalho? — eu perguntei, enquanto passávamos diante dos olhares dos jovens indolentes. Mas não havia trabalho algum.

Tinha 20 anos e era mãe solteira de uma menina de 16 meses. Precisava chegar no fórum antes que fechasse, ela disse, ou o pai de sua filhinha iria para a cadeia por falta de pagamento da pensão da criança.

— Preciso dizer a eles que ele é um bom homem — ela disse. — Ele é um bom pai.

Um bom pai deixaria que ela criasse essa criança sozinha? Ela disse que colocá-lo na cadeia não ajudaria em nada.

Ela me contou que cresceu no Erie por conta do Estado, indo de um orfanato para outro. No dia em que completou

18 anos ficou por sua própria conta, sonhando em construir uma vida melhor.

Voando para lugar nenhum

— Por que Johnstown? — eu perguntei.

Ela deu de ombros. "Porque não era o Erie."

Logo ela estava grávida. Aos 19, tornou-se mãe; não estava mais sozinha, mas não tinha como sustentar a si e ao bebê sem a ajuda do governo. Como a vida poderia ter sido diferente para ela, eu fiquei imaginando, se tivesse recebido os cuidados básicos que toda criança merece: um lar estável e pais amorosos.

E se alguém tivesse acreditado em seu valor e tivesse mostrado isso a ela? O que ela poderia ser agora?

Uma aluna de faculdade? Uma trabalhadora no comércio? Uma mulher no primeiro degrau da sua carreira? Talvez ela fosse outra coisa em vez de uma dependente da assistência social lutando para evitar que sua filha repetisse a mesma história de pobreza e dependência em que ela mesma nascera.

Parei diante do tribunal, e ela abriu a porta do carro.

— Obrigada pela carona — ela disse.

Tanto quanto se pode gostar de alguém depois de 20 minutos, eu gostei dela. Queria lhe dizer que não era tarde demais para ir atrás dos seus sonhos. Ela estava com 20 anos e tinha toda a vida pela frente. Ainda poderia fazer algo bom. Queria lhe dizer que devia à sua filha ao menos uma tentativa.

Mas em vez disso eu falei: "Boa sorte". E estava sendo sincero.

Ela sorriu, depois atravessou a rua e ultrapassou as grandes portas do tribunal com nove minutos de antecedência.

20 DE JANEIRO DE 2004

NÃO DEIXE UM SALGADINHO ACABAR COM O JURAMENTO

Esperei até que as crianças tivessem entrado no ônibus escolar antes de confrontar minha mulher perto da máquina de café e dizer: "Querida, tenho uma confissão a fazer".

Ela olhou para mim com aquele sorriso nervoso que aparece quando ela se prepara para enfrentar o pior.

— Eu traí você. Desculpe.

— Eu não acredito nisso — ela disse.

Era verdade. Eu havia violado nossos votos de celibato em relação ao carboidrato e fidelidade à alimentação de baixas calorias. Eu havia me afastado da nossa dieta conjunta — e me atirado no abraço crocante de um pacote de Doritos. Eu gostaria de poder dizer que não gostei, mas gostei. Cada mordida havia sido pura felicidade.

Acredite, não sentia orgulho do que havia feito.

Como lembrou minha mulher, nós tínhamos feito um acordo, decidido durante umas férias de loucuras calóricas durante o Natal na Disney World.

— Está resolvido — eu disse, enquanto tirávamos o papel do sorvete coberto com chocolate perto do Space Mountain. — Quando voltarmos pra casa, vamos fazer regime.

Meu gene pão-duro havia finalmente triunfado sobre o gene devorador de comida. Eu teria que perder uns cinco quilos e alguns centímetros ou trocar minhas roupas.

Jenny é naturalmente magra. Mas ela também havia percebido que um dos muitos aspectos encantadores do avanço da idade — juntamente com aqueles bifocais estilosos do vovô Walton e uma profunda incapacidade para ficar acordado depois do jornal das 11 da noite — é que as calorias não queimam mais sem que percebamos, como acontecia antes.

Até que os salgadinhos nos separem

— Eu topo — ela disse. E nesse momento nós fizemos nossos votos. Iríamos apoiar e encorajar um ao outro, nos dias de peso bom e de peso ruim, na saciedade e na fome, durante a vontade de comer um pedaço de bolo ou devorar um prato de macarrão.

Muitos dos nossos amigos estavam fazendo dietas com restrição de carboidratos e, francamente, não me parecia uma coisa tão difícil. Você ainda podia comer todas as coisas gostosas, como presunto e um bom filé. Só precisava cortar o que ia em volta — o arroz e a massa, os pães e doces. O que poderia ser tão difícil?

Chegou o Ano Novo e começamos nossa dieta na casa de Mike e Patti comendo pizza e tomando cerveja.

— À nossa dieta pobre em carboidratos! — eu brindei.

No dia seguinte, recebemos outro convite para pizza e cerveja.

— Amanhã começamos pra valer — eu prometi. E começamos.

Não existe coisa melhor na vida do que começar o dia com ovos quentes sem torrada engolidos com café amargo. Meus filhos me provocavam dando mordidas nos pães quentinhos.

No jantar (peito de frango com salada), estava tão louco para comer carboidrato que quase pulei em cima do meu filho quando ele estava colocando uma travessa de macarrão na mesa. Naquela noite sonhei com pão com manteiga.

No terceiro dia, já estava sonhando que passara a noite trancado em uma padaria. No sétimo dia, olhei pela janela e vi pratos de rigatoni fumegantes flutuando no espaço. No nono dia, eu disse para Jenny: "Estou precisando mesmo trocar meu guarda-roupa".

E no décimo dia eu vi o Doritos.

Rendendo-me ao desejo

O pacote estava em cima da geladeira, maliciosamente aberto, mal dobrado. Oh, acalme-se, meu coração carente de carboidratos!

Eu me aproximei. A magia do chamado do pacote encheu meus ouvidos, e parecia dizer "Você sabe que me quer". Eu sabia que queria. Meu braço, por vontade própria, alcançou o pacote.

— Afaste-se desse pacote — minha parceira de dieta rosnou. Pego em flagrante.

Mas era só uma questão de tempo. No meu coração, eu já tinha enganado. Nos dias que se seguiram, eu procurei desculpas para passar pela geladeira, lançando olhares furtivos na direção daquele pequeno destruidor de lares.

Nós tínhamos perdido alguns quilos. A dieta estava funcionando. Mas a que preço? Valia a pena viver a vida sem pão e sem torta e salgadinhos e cerveja — eu já tinha falado da cerveja?

Por isso, não resisti. Naquela noite, mais tarde, quando todos já estavam dormindo, avancei no pacote. Só um salgadinho, eu prometi. Depois mais dois. Então três. E logo perdi a conta.

No dia seguinte, algumas horas após a minha confissão, minha mulher telefonou para o meu trabalho.

— Acabei de comer pipoca — ela disse. — Com manteiga.

— Nossa, isso é tão coisa de mulher — eu esbravejei.

Por fim, acabamos dando um jeito. A dieta conjunta está se agüentando — por um fio. Talvez precisemos de aconselhamento, mas acho que vamos conseguir superar essa fase.

E sabe de uma coisa? Nosso casamento vai ficar ainda mais forte. Desde que um pãozinho quente não apareça a qualquer momento em nossa porta, é claro.

23 DE FEVEREIRO DE 2004

ELE AJUDA AS CRIANÇAS DO IRAQUE E A CAUSA AMERICANA

Até pouco mais de um ano atrás, Thomas Murt era apenas mais um pai do subúrbio.

Era treinador dos times de seus três filhos e dava aulas de catecismo na igreja católica St. David, em Willow Grove.

Era membro do conselho de representantes em Upper Moreland Township e ganhava a vida como consultor acadêmico no *campus* de Abington da Pennsylvania State University. A vida era confortável.

Então, no dia 24 de janeiro de 2003, a máquina de fax do seu escritório produziu um papel que mudaria tudo.

A unidade da Reserva do Exército de Thomas estava sendo enviada ao Iraque. Menos de 24 horas depois, ele estava em um avião seguindo para Fort Drum, em Nova York, e em poucas semanas encontrava-se na volátil cidade-natal de Saddam Hussein, Tikrit. “Ele foi embora antes de conseguirmos nos despedir direito”, disse sua mulher, Maria.

Foi na areia do deserto que a vida comum desse homem sofreu uma reviravolta extraordinária. Por conta própria, ele adotou informalmente centenas de crianças iraquianas pobres — e com isso está ajudando os Estados Unidos a vencer a maior batalha de todas, a batalha pela confiança do povo iraquiano.

O Sargento Murt, 43, que renunciou ao cargo para o qual fora eleito em Upper Moreland quando foi convocado, assumiu o posto de segurança e motorista do comandante da sua companhia. Também era encarregado da segurança em missões civis no interior do país, o que incluía a reconstrução de escolas.

As freqüentes incursões por vilarejos remotos permitiram que visse de perto o que é a vida para milhares de iraquianos comuns, quase todos vivendo na mais absoluta pobreza. As crianças, em especial, o comoveram. A maioria não tinha livros escolares ou lápis, nem mesmo uma blusa ou um par de meias para enfrentar o inverno gelado. Thomas Murt sempre teve um fraco por crianças necessitadas. Sua mulher, que vem administrando a casa sozinha já há mais de um ano, lembra da lua-de-mel do casal em Granada. Sem contar a ela, Murt levou duas malas grandes cheias de roupas e brinquedos para as crianças de um orfanato local.

— Ele sempre foi assim — ela disse.

Agora no Iraque, Murt encontrou outro tipo de necessidade. E teve uma idéia. Seus colegas de trabalho e vizinhos enviavam a ele caixas com artigos de toalete e presentes para que ele compartilhasse com os outros soldados.

Apesar de apreciar a generosidade, sentiu que poderia ser melhor direcionada. Por isso, enviou e-mails para todos os conhecidos com fotos de crianças iraquianas que ele havia conhecido, e disse a eles que preferia que enviassem roupas, brinquedos, bijuterias e artigos escolares.

— Muitas das coisas que encontramos facilmente nos EUA são artigos de luxo por aqui — ele escreveu.

As comunidades de Upper Moreland, Willow Grove and Hatboro atenderam ao pedido, e começaram a mandar caixas com doações. Dezenas de caixas, enviadas pelo correio em Fort Drum, e depois transportadas por aviões militares para o Iraque, todas endereçadas a Murt. "Ele ficou muito conhecido na sala dos correios [da base]", disse sua mulher.

Seus colegas da Universidade em Abington mandaram 35 caixas. A Companhia de Escoteiros 336 de Willow Grove juntou mais de 400 quilos de artigos escolares. Na Igreja St. David, a diretora, Irmã Rita, pediu às crianças que fizessem uma limpeza nos seus brinquedos.

A Barbearia do Pete, em Hatboro, também participou do movimento. Assim como muitos vizinhos. Annie Gleave, que trabalha no correio de Hatboro e assumiu a organização das doações, disse que ficou sensibilizada com as fotos de crianças iraquianas descalças enviadas por Murt. "Me fez ver o que é realmente importante na vida", ela confessou.

E Murt disse que as doações da comunidade, em contrapartida, tocaram as crianças iraquianas e suas famílias. Muitos agora consideram os americanos seus amigos.

— Trabalhando com as crianças e os moradores dos vilarejos, tivemos uma oportunidade de ouro para ensinar a eles que não somos seus inimigos — escreveu Murt, que espera voltar para casa dentro de seis a oito semanas, e pediu que não mandassem mais doações.

E não é nisso que reside a vitória? Um soldado, uma comunidade conquistando para o país uma criança por vez.

Kathy Rusch, moradora de Upper Moreland, envolvida com a mobilização para as doações, comentou: "Com Tom, isso é a coisa mais comum. É assim que ele leva a vida. Ele é dessas pessoas que se importam com tudo".

11 DE MARÇO DE 2004

PREVISÃO DO TEMPO DA TV É TEMPESTADE DE HISTERIA

Olhando pela janela da cozinha ontem de manhã, vi quando alguns flocos de neve caíram lentamente, derretendo ao alcançarem o chão, e senti um arrepio terrível na espinha.

Não mais um daqueles, eu pensei. Não mais um daqueles invernos infames. Não, não eram as condições do tempo que estavam mexendo com meus nervos. O tempo estava bom, na verdade até fraquinho para a Pensilvânia.

Era a cobertura nos noticiários da televisão que estava me deixando irritado. Aquele foi o ano do alerta de inverno "Todos poderemos morrer!".

Não importava o que estivesse acontecendo lá fora, todas as estações de televisão estavam dizendo algo do tipo:

(Música dramática ao fundo; uma montagem mostrava imagens de nevascas, do tipo que há muitos anos não se via na região.)

"Interrompemos este programa para um alerta sobre a tempestade.

Âncora Brent Blowdried: 'Bem, pessoal, isto é o que nós todos temíamos. O que talvez seja a tempestade do século está a caminho, trazendo consigo a possibilidade de morte, destruição, danos físicos e emocionais'.

Co-âncora Brenda Bigteeth: 'É isso mesmo, Brent. Essa poderá quebrar todos os recordes. A cobertura da nossa equipe está começando agora junto à Ponte Walt Whitman, onde está a repórter Bunny Snowsuit. Bunny, o que você pode nos dizer?'.

Bunny Snowsuit: 'Acabamos de confirmar que foram encontrados pelo menos sete — repito, sete — flocos de neve grudados na ponte que está atrás de mim. E são muito grandes! Se continuar assim, quem pega a estrada de manhã terá que enfrentar uma viagem infernal. Com vocês, Brent e Brenda'.

Brent Blowdried: 'Isso é assustador, Bunny. Parece que o melhor é ficar em casa, e todo mundo ligado no Centro de Informações sobre a Tempestade'.

Bunny Snowsuit: 'Isso mesmo, Brent. A menos que você tenha necessidade absoluta de sair, pedimos a todos que evitem as estradas — e que fiquem ligados nesta estação para mais informações'.

Brenda Bigteeth: 'Ótimo conselho, Bunny. E agora, para dar uma perspectiva histórica em relação ao que pode acontecer àqueles que se aventuram a sair, nossa correspondente nacional, Alexa Alarmista, preparou este relato'.

Alexa Alarmista: 'Brenda, estou aqui no Donner Pass, onde dezenas de pessoas enfrentaram uma morte lenta, agonizante, em 1846, sufocadas pela neve que caiu no caminho que atravessava a montanha e que não era muito diferente da nossa atual Schuylkill Expressway'.

Brenda Bigteeth: 'E pelo que sei alguns acabaram recorrendo ao canibalismo?'

Alexa Alarmista: 'Infelizmente, é verdade, Brenda. Outro bom motivo para ficar em casa, ligado na nossa cobertura. Alexa Alarmista, falando ao vivo de Donner Pass'.

Brent Blowdried: 'Bem, nós certamente não queremos que uma coisa dessas se repita aqui na região da Grande Filadélfia. Obrigado, Alexa, e procure se proteger por aí'.

Brenda Bigteeth: 'Alexa voltará às 11 horas com mais um relato, intitulado 'Avalanches: o que você precisa saber''.

Brent Blowdried: 'A cobertura da nossa equipe continua com o repórter Dennis Dumbdown, que está no Sparkle Car Wash, em Bucks County, e vai falar ao vivo para dar uma dica de segurança'.

Dennis Dumbdown: 'Estou ao lado da moradora de Langhorne, Shirley Yoojest, que sobreviveu a vários anos de tempestades de neve com sua sabedoria. Shirley irá demonstrar para nós uma técnica de sobrevivência na neve que pode salvar sua vida'.

Shirley Yoojest (batendo o pé contra a lateral de um carro): 'Bem, basicamente, sempre lembro de tirar a neve dos sapatos antes de entrar no carro. Algumas pessoas esperam até entrar no carro'.

Dennis Dumbdown: 'E aí já pode ser tarde demais! Essa inofensiva bota com neve pode se transformar em assassina potencial em um piscar de olhos: pedal do freio na camada de gelo!'

Brent Blowdried: 'Que coisa fascinante! Agora vamos falar com o nosso meteorologista Alfie 'Poça de Barro' Dorkman, com a última hiper-atualizada previsão do tempo'.

Alfie Dorkman: 'Nuvens, nuvens por toda parte, pessoal. Não se deixe enganar pelo piso seco. Pela manhã, as apostas estarão encerradas'.

Brenda Bigteeth: 'Poça de Barro, quer dizer que você acha que amanhã será um dia excelente para dizer ao chefe que está doente, e passar o dia conosco acompanhando nossa hiper-atualizada previsão do tempo?'

Alfie Dorkman: 'Bingo, Brenda. E agora, se você me permite, preciso ir verificar como está a audiência — quer dizer, os flocos de neve'".

29 DE MARÇO DE 2004

Gente comum comprometida pelos votos do casamento

Em muitos aspectos, eles formam um típico casal do subúrbio.

Passam os fins de semana arrumando sua casa de três quartos, que fica em uma rua tranqüila da comunidade de Strafford, na Main Line. Eles gostam de cuidar do jardim, de cozinhar e de agradar seu cachorro, Cybil.

Os dois vêm de famílias católicas grandes, tradicionais, e adoram os seus 17 sobrinhos.

Agora já na casa dos 50, preferem passar noites tranqüilas em casa a ir para o centro. Pagam seus impostos em dia, ajudam os vizinhos doentes e votam em todas eleições.

Eles são comuns em todos os aspectos, exceto um: Tim Dineen e Victor Martorano, juntos há nove anos, são homossexuais. E isso os coloca no centro do debate nacional a respeito do casamento entre pessoas do mesmo sexo.

Eles não estão protestando nas escadarias de algum tribunal ou forçando alguma mudança, tentando conseguir uma licença de casamento que sabem que não irão conseguir. Quando o debate ficou mais acirrado, eles escreveram cartas para os jornais, mas continuaram levando suas vidas tranqüilamente no subúrbio. Foi por essa razão — sua absoluta normalidade — que eu os procurei na semana passada. Queria ver por mim mesmo qual seria a diferença de um casal gay em comparação à grande maioria dos casais heterossexuais com relações estáveis.

Casamento das cabeças

Eles mostram a casa e revelam orgulho pelas melhorias que fizeram — lajotas novas, cozinha mais ampla, piso de madeira. Sobre a mesa, um vaso com flores trazidas do jardim. Lá fora, uma pilha com calhas para chuva no quintal, projeto de trabalho do próximo fim de semana.

Em suas cabeças, Tim Dineen, chefe de demonstração no mercado Trader Joe em Wayne, e Victor Martorano, que trabalha na área de turismo, já estão casados. No primeiro

Natal que passaram juntos, trocaram alianças de ouro que conservam na mão esquerda até hoje. Ainda assim, Tim disse: "Vamos nos casar no dia em que pudermos fazer isso legalmente".

Alguns dos motivos são práticos. Atualmente, se um deles ficar incapacitado, o outro precisa ter uma procuração para tomar decisões médicas — precaução que os dois já tomaram. E como disse Tim, enquanto tomávamos uma xícara de café: "Se Victor morresse amanhã, eu teria que pagar um imposto de herança sobre sua metade da casa".

Victor acrescenta: "A lei não me reconhece como família, e isso está errado. Muito errado".

Porém, o mais importante para o casal é o verdadeiro significado do casamento — reconhecimento público do amor e do compromisso para toda a vida de um casal. "O casamento é uma força estabilizadora na sociedade, e nós queremos ser parte dessa estabilização."

Afinal, eles se consideram membros sólidos da comunidade. Assim como seus vizinhos. Peg Schwartz, 73, republicana registrada, me disse depois: "Eu não sei o que poderia dizer a respeito deles. Eles realmente não poderiam ser melhores. São adoráveis. São educados, gentis, atenciosos, e é isso o que se espera de um vizinho. O fato de tê-los como vizinhos suavizou sua posição em relação ao casamento gay", ela disse. "Se isso os deixa felizes, então é o que importa."

Combatendo os estereótipos

E mesmo assim, pelo menos por enquanto, Tim e Victor continuarão a ser o único casal da rua para quem o contrato de casamento civil não é uma opção. Até que esse dia chegue, os dois homens acreditam que os estereótipos e o preconceito continuarão.

— Os gays têm a fama de ser extremamente promíscuos — diz Tim, que tem um ar professoral por causa da barba e dos óculos com armação de metal. — Bem, nem todos os gays são assim.

Alguns deles têm uma vida que não é muito diferente da vida de seus vizinhos, com as mesmas preocupações, alegrias e sonhos. O que leva à questão principal levantada por Tim.

— Se nos casássemos amanhã, a única coisa diferente seria o pedaço de papel nos concedendo direitos e responsabilidades. Nada mais iria mudar. Estaríamos aqui como estamos hoje, colocando calha nova na casa, indo para o trabalho, fazendo compras na mercearia, levando o cachorro até o veterinário. — Ele acrescenta: — Acho que é isso que muita gente não consegue entender. Já estamos aqui. Já somos um casal. Para todos os efeitos, estamos casados. Só falta a legalização.

20 DE ABRIL DE 2004

Sons da primavera fazem estremecer o subúrbio

Do lado de fora da minha janela, parecia que estávamos nas 500 Milhas de Indianápolis — sinal de que a primavera estava voltando ao subúrbio.

Em todas as direções, podia-se ouvir o barulho de motores, o cheiro de óleo queimado, o som violento das lâminas.

Sim, amigos, depois de um inverno longo e tranqüilo, a atividade favorita do subúrbio estava de volta com toda a força: a temporada do corte da grama.

E o último fim de semana, com temperaturas dignas do mês de julho, marcou o começo não oficial, mas amplamente observado — o primeiro corte cerimonial. Onde eu vivo, isso não é pouca coisa.

Soube que o grande dia finalmente chegara quando acordei no sábado com o zumbido das máquinas. Senhores proprietários, liguem os motores!

Lá fora, para cima e para baixo na minha rua, vi a mesma cena: homens adultos (e algumas mulheres) sentados em aparadores motorizados de cores brilhantes, passando alegremente pela paisagem a todo o vapor. Pedaços de grama voavam pelo céu, e o ar ficou com aquele perfume doce de gasolina misturado com clorofila amassada.

Honestamente, meus vizinhos pareciam ridículos sentados em suas máquinas motorizadas de aparar grama, os joelhos contra o peito como cavaleiros em carrinhos de bebê.

Minha reação foi rápida e previsível: "Caramba! Vou ter que ir lá fora!"

Chamado à conformidade

Ali estávamos, em meados de abril, e meu pequeno trator ainda estava em um canto da garagem debaixo de uma pilha de mangueiras e cadeiras dobradas. Atrasado de novo. Se não quisesse ser banido da vizinhança, sabia que era melhor tratar de deixar o meu gramado desalinhado, de acordo com os demais.

Por isso passei meu fim de semana — um lindo fim de semana, perfeito para uma caminhada ou um passeio de bicicleta, ou para ficar simplesmente deitado em uma rede — de joelho na garagem, afiando as lâminas, apertando cintos e trocando o óleo. E então, debaixo de um barulho ensurdecedor e de uma nuvem de fumaça azul, também me integrei à corrida.

Meus amigos da cidade, que não têm gramados, simplesmente não entendem esse fanatismo comunitário pela grama. Eu mesmo tenho dificuldade para explicar, apesar de passar duas horas por semana, todas as semanas, de abril a outubro, envolvido com essa atividade.

É uma coisa completamente maluca. E muito dispendiosa.

Primeiro, o custo das máquinas propriamente ditas, que às vezes ultrapassavam o de um bom carrinho usado. Depois os consertos e a manutenção, a gasolina e o fertilizante e os pesticidas. E as horas — milhares de horas a cada temporada, só na minha subdivisão — que poderiam ser usadas para fazer coisas melhores. Existem também os custos para o meio-ambiente, tanto das emissões quanto do uso de milhões de pequenos galões de gasolina.

E tudo isso para quê? Por uma plantação que não comemos nem vendemos e nem usamos para alimentar nossos animais. Com o fervor com que nos atiramos aos cuidados desse negócio, alguém poderia pensar que somos um bando de pastores de cabras.

Nós colocamos fertilizantes, de forma que ela cresce loucamente; depois cortamos a grama feito loucos só para deixá-la aparada. Com isso, formam-se montes de restos de grama, que recolhemos e colocamos em sacos, debaixo do sol quente. E o que fazemos com essa colheita? Colocamos junto do meio-fio e pagamos para que alguém venha recolher tudo.

QUEM ESTÁ USANDO QUEM?

Tudo isso faz você pensar em quem realmente está dando as cartas. Somos seres humanos explorando a grama azul do Kentucky para domar o meio-ambiente e melhorar nossas vidas? Ou a grama está nos explorando para espalhar seu domínio pelo campo? Pense nisso. Quando foi a última vez que uma lâmina de grama usou o dinheiro ganho com sacrifício para deixar você bem arrumado?

Algumas almas resistentes estão revidando. Conheço um casal que substituiu seu gramado por uma florzinha nativa que não precisa ser aparada, não tem necessidade de fertilizantes ou de pesticidas. Quer saber como o novo visual foi recebido pela comunidade? As pessoas começaram a dizer que eles estavam perturbando a ordem pública.

Eu resisto à minha maneira, quer dizer, sigo o manual de cuidados com o gramado do homem indolente. É um amor muito duro: nada de fertilizantes ou produtos químicos, nada de varrer e ensacar. Corto uma vez por semana, freqüentemente, não mais que um dia.

Como se pode imaginar, meu gramado é uma verdadeira ONU das ervas daninhas. Mas todas se dão razoavelmente bem, e para um carro que passa a uma certa velocidade, o efeito geral me salva do banimento pela associação da vizinhança. A diferença entre o supergramado do subúrbio e o meu pretenso gramadinho, pelas minhas contas, se resume a isso: 40 km/h.

6 DE DEZEMBRO DE 2004

TERRA *VERSUS* SERES DE SHOPPING CENTER

Um satélite-espião do governo, percorrendo a Via Láctea à procura de vida extra-terrestre, captou uma transmissão vinda de um planeta desconhecido.

Buzzzzzzzzzzzzzz. Schplunkt!

— Comandante, acabo de voltar da minha viagem de reconhecimento ao planeta Terra.

— Ah, muito bem, Cygot. E o que foi que você descobriu?

— É um lugar estranho e incompreensível. Aterrissei em uma confederação de estados unidos mas profundamente divididos, alguns vermelhos, alguns azuis. Havia um lugar chamado Joisey, onde as pessoas falam um dialeto gutural monossilábico. E um lugar chamado Philly, onde a língua local é ainda mais difícil de decifrar. Mas as descobertas mais estranhas foram feitas em uma região mais afastada, em um vasto reino chamado Subúrbio.

— O que você viu nesse Subúrbio?

— Eu vi homens armados vestidos de laranja que entravam nos matagais e explodiam tudo o que se mexesse, atingindo às vezes uns aos outros, às vezes atingindo formas de vida com quatro patas. E ao final de cada dia eles voltavam para comer um estranho rolo energético conhecido como "cheesesteak".

— Realmente, muito estranho.

— E isso é apenas o começo, comandante. Cheguei em um dia conhecido como Dia de Ação de Graças, feriado tribal para lembrar as bênçãos.

— E como eles comemoram esse dia sagrado?

— Ingerindo grande quantidade de comida, senhor. Alguns até desabotoam as calças.

— E o que fazem depois com toda essa energia que consomem?

— Eles dormem, senhor.

Espera antes do amanhecer

— Uma espécie de hibernação?

— Não exatamente. Parece que a festa marca o início de uma grande maratona nacional que eles chamam de "29 Dias de Compras até o Natal". Depois de algumas horas eles estão de novo acordados e se dirigem no meio da escuridão para edifícios gigantescos cercados por quilômetros de uma superfície cinza cor de pedra.

— Seus templos sagrados, sem dúvida.

— Sim, e eles chamam todos esses templos pelo mesmo nome: Shopping Center. Os adoradores esperam durante horas para atravessar as portas e entrar.

— E o que eles fazem quando estão lá dentro?

— Usam pequenos cartões de plástico para gastar riquezas que não têm para adquirir coisas de que não precisam.

— Coisas de que não precisam?

— Como pedras que a classe escrava retira da Terra.

— Eles pagam grandes quantias por pedras?

— Os machos dão essas pedras para as fêmeas, que concordam em dar a eles sua prole.

— Um rito de fertilidade! E que mais?

— As fêmeas usam ouro cerimonial e compram bolsas caras para guardar seus cartões de plástico. Compram pintura para o rosto e muitos pares de proteções de couro para os pés.

— Por que tantos pares se têm apenas um par de pés?

— Inexplicável, comandante, mas seus armários estão cheios. E os machos enchem suas garagens com transportadores pessoais pesadões conhecidos como utilitários esportivos, que usam combustíveis fósseis retirados do solo e obrigam as nações a lutarem umas contra as outras.

Nação zumbi

— E quem os obriga a comprar essas coisas inúteis?

— As ordens são enviadas pelos Grandes Persuasores, que governam a partir de um lugar chamado Madison Avenue. Decidem o que as massas devem comprar e enviam mensagens através de tubos eletrônicos em todas as partes, dizendo às pessoas que elas não são nada sem essas coisas.

— E as pessoas caem nessa história?

— Ninguém faz perguntas, senhor. Principalmente durante a maratona de 29 dias do Natal.

— E quem vence essa corrida?

— Parece que a residência com o maior número de coisas no dia de Natal é a vencedora.

— E como eles celebram?

— Fui informado de que eles acordam antes do amanhecer no dia seguinte e voltam aos templos, onde trocam as coisas que adquiriram durante a maratona por outras coisas.

— E fazem isso para celebrar esse dia que chamam de Natal?

— Eles dizem que é um feriado religioso.

— E que dia é esse? Certamente representa algo além do que o cartão de plástico pode obter.

— Fui informado de que já representou, comandante. Mas as pessoas ficaram cegas nos templos Shopping Centers e parece que o significado original se perdeu há muito tempo.

— Cygot, sua excelente pesquisa me deixou muito impressionado. Agora vá para a unidade de descontaminação antes que a doença do consumo terreno se espalhe.

13 DE DEZEMBRO DE 2004

Motorista de guincho se transforma em anjo da guarda

O que havia começado como mais uma reunião de família no Aeroporto Internacional da Filadélfia logo se transformou em uma corrida de vida ou morte contra o relógio.

Mary Helene Wagner, 78, tinha acabado de chegar ao aeroporto ao anoitecer do dia 9 de novembro, depois de ter feito um vôo tranqüilo após deixar sua casa em Oakland, Califórnia. Esperando para abraçá-la no portão estavam sua irmã, Katherine "Kitti" Colucci, 65, e o marido de Kitti, Richard, de Little Egg Harbor, perto de Atlantic City.

Os três conversavam no estacionamento do aeroporto enquanto colocavam as malas de Mary Helene no carro dos Colucci.

Foi então que aconteceu.

— Kitti de repente gritou de dor e colocou as mãos na testa — disse Mary Helene. — Reclamou que a cabeça estava doendo muito e começou a vomitar.

— Ela começou a gritar "Minha cabeça, minha cabeça" — acrescentou o marido de Kitty.

— Eu sabia que precisávamos fazer alguma coisa — disse a irmã mais velha. — Eu disse para Richard: "Precisamos ir para um Pronto-Socorro".

Mas onde, e como? Nenhum deles conhecia Filadélfia muito bem, e não havia ninguém por perto para perguntar. Eles saíram do estacionamento e pediram ao funcionário que lhes indicasse a direção, mas não conseguiram entender o que ele tentou lhes dizer.

Eles saíram na escuridão, sabendo que cada minuto perdido poderia fazer uma terrível diferença.

— Eu estava olhando ao redor, não conhecia a região. Percebi que estávamos enrascados — disse Richard Colucci.

Um breve toque

Ele parou em um posto de gasolina e, gesticulando freneticamente, pediu informações a um cliente, mas não teve muita sorte. Sua mulher vomitou novamente fora do carro, segurando a cabeça.

Foi quando Mary Helene viu o mais improvável dos anjos da guarda — um membro daquela profissão que os motoristas da região adoram odiar: um motorista de guincho da Grande Filadélfia. Ele estava enchendo o tanque de gasolina do seu caminhão, e Mary Helene imaginou que ele deveria saber o caminho até o hospital mais próximo.

— Eu me aproximei dele e pedi ajuda. Ele tentou me dizer o que fazer, mas acho que viu a expressão no meu rosto — ela disse. — O motorista estendeu o braço, colocou a mão no meu ombro e disse: "Sigam-me".

Com as luzes amarelas piscando, o motorista guiou-os pelo tráfego da hora do rush, cruzando a cidade até estacionar diante das portas do Pronto-Socorro do Hospital da Universidade da Pensilvânia. Ele esperou apenas o suficiente para ter certeza de que os Colucci haviam estacionado o carro.

— Ele tocou a buzina, desligou as luzes de emergência e simplesmente foi embora — disse Mary Helene. — Não reparamos na lateral do caminhão, o nome, nada.

Tudo o que ela sabia do homem misterioso era o primeiro nome, James.

Só depois de entrarem é que eles perceberam o papel crucial daquele homem naquela situação de emergência. Ele não apenas fora rápido no socorro a Kitti Colucci, que havia sofrido um rompimento triplo de um aneurisma cerebral, como também os levara para o hospital certo.

Com um dos melhores centros médicos do país, o HUP tinha uma equipe de neurologistas pronta para prestar o atendimento imediato quando os Colucci chegaram.

Um anjo disfarçado

Os médicos confirmaram que em casos como esse cada segundo é importante. Se não fosse a intervenção do motorista do guincho, disse Richard Colucci, Kitti talvez tivesse morrido. Nunca saberemos.

Mais de um mês depois, ela continua hospitalizada e terá que enfrentar um longo período de reabilitação. Mas está viva, e seu marido e sua irmã não esquecerão o gentil estranho.

— Quero que ele saiba que somos muito gratos — disse Mary Helene. — Não quero pensar no que poderia ter acontecido se tivéssemos parado [no posto de gasolina] e James não estivesse lá.

Richard Colucci acredita que foi mais do que coincidência.

— Eu acho que alguém lá em cima estava olhando por nós — Richard disse. — Esse camarada estava lá por algum motivo.

Ele gostaria de encontrar o motorista.

— Se pudesse, eu daria um abraço nele. Gostaria de agradecer e dizer que ele foi um anjo — disse Richard. — Pode parecer estranho, mas realmente é o que sinto. Estávamos numa situação de vida ou morte.

Richard Colucci talvez tenha essa oportunidade.

Amanhã, eu vou apresentar o Bom Samaritano, e contar como o encontrei.

14 DE DEZEMBRO DE 2004

James Pratt — um cavaleiro em um guincho verde-limão

O Bom Samaritano do guincho verde-limão não é mais um mistério.

Seu nome é James Pratt, tem 30 anos e é pai solteiro; terminou o colegial em 1991, na Germantown High School, e serviu o exército na Alemanha antes de ser dispensado por causa de um problema nas costas. Ele agora vive em Conshohocken com sua filha. "Ela vai fazer cinco anos no dia de Natal", ele disse.

Pratt ganha a vida cobrindo um trecho da I-95 por contrato com o Departamento de Trânsito da Pensilvânia, ajudando motoristas em dificuldades e guinchando os veículos quebrados para permitir que o tráfego não seja interrompido.

Ele estava terminando seu turno na noite do dia 9 de novembro quando parou no posto de gasolina perto do Aeroporto Internacional da Filadélfia para reabastecer.

Foi quando sua vida cruzou com as vidas de Mary Helene Wagner, 78, de Oakland, Califórnia; sua irmã, Kitti Colucci, 65, de Little Egg Harbor, Nova Jérsei; e do marido de Kitti, Richard.

Como eu disse ontem, os Colucci tinham acabado de pegar Mary Helene no Aeroporto Internacional da Filadélfia quando Kitti Colucci foi subitamente acometida por uma dor de cabeça fortíssima, bastante violenta, e começou a vomitar; isso era o resultado, ela saberia depois, de uma ruptura tripla de um aneurisma. Os três estavam perdidos e precisavam desesperadamente encontrar um hospital.

Mary Helene foi até o motorista do guincho e ele começou a indicar que direção deveriam seguir. Mas duas coisas ficaram imediatamente claras para Pratt: cada segundo era vital, e os viajantes perdidos não conseguiriam encontrar o hospital por conta própria.

— Sigam-me — ele disse e então, ligando as luzes amarelas piscantes, levou a família pelo tráfego da hora do rush até o Hospital da Universidade da Pensilvânia, onde Kitti Colucci continua se recuperando, mais de um mês depois.

Os Colucci e Mary Helene estavam agradecidos ao motorista que os levara até as portas do Hospital, mas não tinham como dizer isso a ele. James havia desaparecido sem dizer nada além do seu primeiro nome. E por isso Mary Helene me telefonou.

Com base no pouco que sabia — um guincho verde-limão e um posto de gasolina perto do aeroporto — consegui encontrar James através do seu chefe, Kevin Bowe, que dirige o posto de gasolina, opera a empresa de guinchos em Conshohocken e tem o contrato com o Departamento de Trânsito da Pensilvânia para o Serviço de Segurança da Estrada.

— Isso não me surpreende — disse Kevin Bowe quando soube o que seu funcionário havia feito para ajudar a mulher doente. — Ele é um bom sujeito.

James minimizou o que havia feito. Ele estava voltando para Conshohocken de qualquer forma, disse ele, e o hospital não ficava tão fora do caminho.

— Eu só disse a eles para seguirem as luzes — ele lembrou. — Eu os levei até a frente do hospital e continuei. Nunca soube o que aconteceu depois.

Quando contei a ele que Richard Colucci dissera que ele era o responsável por terem conseguido salvar a vida de Kitti, James hesitou um momento antes de falar. "É muito bom saber disso. É uma coisa muito bonita." Ele não tinha idéia do quão importante havia sido seu simples gesto de gentileza com aqueles estranhos que cruzaram seu caminho.

Como motorista de guincho, disse ele, é amado ou odiado. Amado por aqueles que estão com problemas e são salvos por ele; odiado por aqueles que estão parados de forma irregular e são guinchados. "Você aprende a aceitar o bom e o ruim", ele disse.

Ajudar os Colucci naquele momento de necessidade, ele acrescentou, foi um dos bons momentos que "ajudam a equilibrar o trabalho".

E serve para lembrar a todos nós que até mesmo em uma cidade tão mal humorada quando a Filadélfia, numa época em que as pessoas dão de ombros e procuram não se envolver, onde muitos perguntam "O que eu ganho com isso?" ainda existem aqueles cavaleiros que não hesitam em ajudar pessoas estranhas simplesmente porque essa é a coisa certa e decente a ser feita.

— Isso mostra que ainda existem boas pessoas neste mundo — disse Richard Colucci, agradecido.

James Pratt comentou, antes de atender mais um chamado: "Tudo bem. É isso o que eu faço. É pra isso que estou aqui".

1º DE FEVEREIRO DE 2005

A TOLERÂNCIA ZERO ATACANDO ÀS CEGAS

Pergunta de hoje: como nós, adultos, podemos esperar que as nossas crianças nos respeitem e às nossas decisões quando fazemos coisas absolutamente estúpidas?

Como podemos pedir a elas que aceitem nossas decisões sem questionamento, quando essas decisões, apesar de bem-intencionadas, são muitas vezes tão equivocadas?

Tomemos as políticas de tolerância zero das escolas. Existem por algum motivo. Armas e drogas não podem ser permitidas nas escolas. Mas as palavras zero e tolerância, combinadas, criam um conceito assustador: coerção cega sem espaço para o bom senso.

E quando isso acontece, o que nos resta? Injustiça. E garotos que perdem a fé e crescem embotados. Não admira que olhem para nós como se tivéssemos acabado de chegar do Planeta Desentendido.

Exemplo A: o caso da aluna com cólica.

Stephanie L. Arnold informou, no *Inquirer* de sábado, que uma aluna do último ano da Haverford High School, cujo nome integrava a lista de honra da escola, teve a ousadia de tomar um remédio comprado sem receita médica — uma versão genérica do Aleve — para cólicas menstruais, sem falar com a enfermeira da escola.

Pense, ela tem 18 anos, idade suficiente para lutar e morrer no Iraque. Pense, ela não estava fazendo uso indevido do remédio. Pense, ela não tentou esconder o que estava fazendo. Na verdade, ela foi descoberta depois de ter ido falar com a enfermeira para dizer que suas cólicas continuavam, apesar de ter tomado o comprimido.

Um mundo sem o cinza

Isso parece um caso de abuso de drogas para você? No mundo preto-e-branco da tolerância zero a questão é controvertida. Ela violou a política da escola em relação ao uso de substâncias químicas, que proíbe os alunos de usar medicamentos sem permissão, entre outras coisas. E ela foi suspensa, pelo menos por uma parte do dia, antes de se desculpar e poder voltar para a escola.

A mãe da garota disse que essa política era como "atirar uma granada de mão num formigueiro".

Infelizmente, o problema não é isolado, o que nos leva ao Exemplo B: o caso da menina de 10 anos que foi algemada.

Porsche Brown, que está na quarta série da Holme Elementary School, no nordeste da Filadélfia, foi suspensa depois que encontraram uma tesoura de 20 cm em sua mochila de escola. Mas a saga não parou por aí. A polícia foi chamada, algemou a pequena fugitiva e a conduziu à delegacia mais próxima na traseira de uma viatura policial.

Puxa, eu imagino o que eles fariam se ela tivesse também um grampeador e um tubo de cola.

É mais do que um pouco ridículo. É muita idiotice. Todo mundo sabe que a criança não pretendia machucar ninguém trazendo a tesoura para a escola. Ainda assim, as normas da polícia diziam que qualquer suspeito deveria ser algemado, independentemente da idade. E por isso uma criança foi tratada como um criminoso.

O supervisor escolar, Paul Vallas, e o comissário de polícia da cidade, Sylvester Johnson, depois pediram desculpas para a mãe da menina, admitindo que o diretor e os policiais exageraram. Você acha?

Uma lâmina coberta de calda

E, finalmente, considere o Exemplo C: o caso do utensílio pegajoso.

Este caso envolve outro bom estudante, Peter DeWitt, aluno do último ano da Great Valley High School, em Chester County. O carro de Peter foi escolhido para uma revista no estacionamento em setembro. Nenhuma droga foi encontrada, mas as autoridades encontraram um pequeno canivete e uma faquinha.

Peter explicou que usara o canivete para consertar o rádio do carro. A faquinha tinha sido usada por sua irmã, que havia comido no carro quando estava indo para a escola com ele. Os pais — que, por terem fornecido a comida, talvez fossem cúmplices do crime — confirmaram a história.

As supostas armas jamais saíram do carro. Poderiam ser consideradas inofensivas, certo? Desculpe, não há espaço para considerações. Com a tolerância zero, Peter teve que enfrentar a possibilidade de ser expulso até que mentes mais calmas prevaleceram três dias após o início da suspensão.

Em cada um desses casos existe uma justificativa. As crianças podem causar mal a si mesmas e o fazem, com a ingestão indevida de medicamentos. As crianças podem e usam objetos inócuos como uma tesoura ou utensílio qualquer para machucar as outras.

Não pode haver espaço na escola para comportamentos prejudiciais de qualquer tipo. Mas deveria haver espaço para o bom senso, o discernimento e a inteligência.

Se queremos que as nossas crianças respeitem a autoridade, devemos isso a elas.

14 DE MARÇO DE 2005

Não é saudável, mas é legal

Quando eu tinha 10 anos, meu melhor amigo e eu fomos de bicicleta até a pista do boliche, colocamos algumas moedas em uma máquina e compramos nosso primeiro maço de cigarros.

No bosque que ficava ali perto, nós acendemos um cigarro — e logo ficamos verdes. Decidi naquele momento que se era aquilo que tornava as pessoas bacanas, aceitaria de bom grado passar o resto da vida como um idiota.

Até hoje, tenho pouca tolerância à fumaça de cigarro e ainda menos às pessoas grosseiras que acham que têm o direito divino de acender um cigarro a qualquer hora, em qualquer lugar — e depois atirar as bitucas onde bem entendem.

No trabalho, confesso que fico incomodado com os fumantes que passam dez minutos a cada hora soltando fumaça no estacionamento usufruindo de pausas que os não-fumantes não desfrutam.

Basicamente, odeio tudo o que diz respeito aos cigarros. Então, por que será que me sinto tão desconfortável com a crescente jihad nacional contra os fumantes?

Deve ter algo que ver com o fato de que fumar é uma atividade legal. Não é saudável, é perigosa, estúpida, mas de qualquer forma é legal.

Mesmo assim, tratamos o cigarro cada vez mais como contrabando, e aqueles que fumam como párias sociais.

As cidades estão se unindo para banir o fumo em lugares públicos, como os bares, onde as bebidas e os cigarros normalmente passam de mão em mão. A Câmara Municipal da Filadélfia deverá votar na próxima quinta um veto bastante amplo ao fumo. O prefeito disse que gostaria de ver a proibição em todo o país.

Teste no local de trabalho

O mais perturbador talvez seja o fato de a Câmara de Montgomery estar examinando a possibilidade de implantar uma política para proibir a contratação de fumantes para o serviço público.

Teoricamente, vivemos em um país livre, e isso significa liberdade para fazer coisas consideradas prejudiciais. Fumar e beber demais, comer hambúrgueres gordurosos em vez de saladas e ficar na frente da televisão em vez de fazer exercícios. E as pessoas vão morrer mais cedo por causa disso. A escolha é delas.

Será que realmente queremos trilhar esse caminho da regulamentação do comportamento legal mas prejudicial? Se você quiser tirar minhas batatas fritas, terá que arrancá-las das minhas mãos frias e murchas.

Ninguém deveria ser obrigado a respirar fumaça de segunda mão, e a proibição do cigarro nos locais de trabalho, em lojas e edifícios públicos faz todo o sentido.

Mas se um grupo de fumantes quiser sentar em um bar tomado pela fumaça de cigarro e trocar monóxido de carbono enquanto bebem umas cervejas, será que eles não têm esse direito? Eu não vou estar lá, mas respeito o direito que eles têm de transformar seus pulmões em um depósito de alcatrão.

Em contrapartida, os não-fumantes têm liberdade para decidir comer e beber em estabelecimentos onde o cigarro não é permitido. E quanto mais eles votarem gastando dinheiro nesses lugares, maior será o número de estabelecimentos com ar limpo.

Vamos deixar que a lei de mercado resolva.

Liberdade de escolha

Um pub que fica perto da minha casa proibiu o cigarro no ano passado, não porque o governo tivesse apontado uma arma para sua cabeça, mas porque o dono viu que poderia ganhar dinheiro. Ele perdeu os bebedores da cadeia de fumantes e conquistou a multidão que gasta dinheiro para jantar e tomar um bom vinho.

Quando o lugar exalava fumaça, eu preferia ficar longe; agora sou cliente. Não é assim que as coisas funcionam?

A Câmara de Montgomery acredita que pode economizar em despesas com tratamentos de saúde recusando-se a contratar fumantes. Mas não seria mais sensato fazer com que os funcionários fumantes pagassem mais pelo seguro-saúde? Se eles querem fumar, ótimo, mas que paguem por isso. Se você já tentou fazer um seguro de vida sabe o que os fumantes têm que pagar. Isso é justo.

A Câmara de Montgomery, ou qualquer outro empregador, deveria estar preocupada em contratar os melhores profissionais. Você vai descartar um bom trabalhador com um ótimo currículo e boas referências só porque ele fuma? Você prefere contratar um preguiçoso?

Se os cigarros são tão prejudiciais — e todos sabemos que são — que sejam declarados ilegais. Afinal de contas, isso sim serviria para enviar às nossas crianças uma mensagem clara sobre o que realmente pensamos a respeito dessas varetas cancerígenas.

Isso, é claro, não vai acontecer jamais, não enquanto a indústria do fumo tiver o Congresso nas mãos.

Antes de mandarmos os fumantes para o pelourinho, talvez fosse bom dar uma olhada nos 10 bilhões de dólares (sim, bilhões) que o Congresso aprovou para os plantadores de tabaco no último outono.

18 DE MARÇO DE 2005

A lógica sem sentido dos fumantes raivosos

Os fumantes são incansáveis.

Agitados, sempre na defensiva, provocadores, às vezes estridentes, definitivamente angustiados. Seu hábito está recebendo ataques vindos de todas as direções.

Ainda ontem a Câmara Municipal da Filadélfia colocou em votação uma proposta para integrar uma lista de cidades em todo o país que baniram o cigarro de lugares públicos, incluindo o paraíso dos fumantes. A Câmara de Montgomery quer economizar nos custos com seguro de vida recusando-se a contratar fumantes. E em Nova Jérsei, os legisladores estão avançando em suas posições contra o fumo.

Como qualquer animal acuado, os fumantes estão atacando. Eu sei. Estou recebendo muitas broncas.

Veja, por exemplo, a mensagem deixada em minha secretária eletrônica pela fumante furiosa nº 1. Ela quer que nós saibamos que para ela o tabaco não é apenas um vício, mas uma necessidade profissional. "O tabaco relaxa os nervos", ela disse. "É algo que uma artista e cantora de *blues* como eu precisa para trabalhar. Preciso ter a voz áspera; preciso dos efeitos da nicotina depois de cada escultura e pintura."

Ela não prefere, pense bem. Ela realmente precisa. Como o tubo de oxigênio de que irá precisar algum dia.

A fumante raivosa nº 1 argumenta que o fim do cigarro nos lugares públicos é apenas o início de uma espiral de "preconceito e nazismo e fascismo".

E ela prevê: quem tem 50 quilos acima do peso não pode ir a qualquer restaurante; está muito gordo e pode ter um ataque cardíaco. E todas as pessoas que comem chocolate deveriam ser condenadas porque estão provocando cáries e diabetes. E deveríamos também banir o açúcar. Nada de açúcar no café ou no chá!

Choro de bebês

Falando nisso, posso sugerir que sejam banidos os choros de bebês?

De alguma forma, em seu cérebro alterado pela nicotina, todos os hábitos ruins são iguais. Roer unhas ou consumir heroína, é tudo a mesma coisa.

Então apareceu a fumante raivosa nº 2: "Deveria ser proibido dar comida para as crianças obesas. Todas as crianças que estejam acima do peso deveriam ter a entrada proibida em lanchonetes. Elas são um risco para a saúde e o seguro será mais alto para elas".

E a fumante raivosa nº 3: "Acho que deveríamos banir todos os que comem atum, porque a fumaça provocada pelo atum causa efeitos prejudiciais à saúde e faz as pessoas vomitarem".

Tosse... pigarro... dificuldade para respirar.

Fumaça do cigarro, fumaça provocada por um alimento — nenhuma diferença. Nada. Os riscos para a saúde são os mesmos, os mesmos olhos lacrimejantes, o mesmo cheiro forte no cabelo e nas roupas no final do dia.

Nem todos os fumantes estão tão iludidos. Alguns me disseram que se esforçam para mostrar consideração pelos outros e só fumam quando não estão incomodando outras pessoas. Outros me dizem que não se orgulham do seu hábito, mas me lembram de que é um vício bastante poderoso.

Eu sei que muitos fumantes realmente estão tentando parar e têm muita consideração pelos outros, tanta consideração que às vezes até esqueço que são fumantes.

Eles só querem que os deixemos dar suas tragadas em paz. Isso é tão ruim? Como escrevi na segunda-feira, odeio a fumaça, mas adoro o fumante. Disse que se os fumantes fazem questão de se reunir em bares para inalar a fumaça uns dos outros, é prerrogativa deles.

Um pouco de honestidade, por favor

Mas também espero que os fumantes sejam honestos com eles mesmos e com os outros.

Se insistir em fumar em um carro fechado, com seus três filhos do lado, obrigados a respirar a fumaça do seu cigarro, não espere a nossa simpatia.

Se acender um cigarro na "área para fumantes" que fica encostada na "área para não-fumantes", sem qualquer outra coisa além de uma linha imaginária para separá-las, saiba que estará arruinando a refeição de outra pessoa.

Se atirar suas bitucas pela janela do carro, saiba que é um porco.

Se ficar parado na porta de um edifício que permite o fumo para satisfazer seu vício, saiba que estará fazendo que as outras pessoas passem por algo parecido com um corredor polonês imundo.

Se der umas baforadas rapidinhas no banheiro do escritório, saiba que nós saberemos. Horas depois, ainda saberemos.

Se perguntar "Importam-se que eu fume?" quando já estiver acendendo o fósforo, perceba que a maioria dirá que não por uma questão de educação, mas querem dizer sim.

Existem muitos fumantes atenciosos por aí. Eles não são um problema. Mas aqueles que não têm consideração, absolutamente cegos para o efeito de seu hábito sobre os outros, é que forçaram a questão e detonaram toda essa reação nacional para cima deles.

Agora, engulam isso, fumantes raivosos.

9 DE MAIO DE 2005

Preocupação compartilhada por uma Maria-ninguém

A Maria-ninguém já não é mais uma desconhecida. Ela morreu, sem teto e sem fazer falta, um ano atrás, depois que uma van a atropelou acidentalmente quando deu a ré em um estacionamento no centro de Allentown.

Suas roupas infestadas de piolhos foram queimadas, seu corpo ficou em um alojamento para indigentes junto à Interstate 78, no escuro do prédio de concreto. Um pequeno cartão de metal foi sua única lápide: "Maria-ninguém, 12 de maio de 2004, County of Lehigh".

E ela provavelmente permaneceria sem identificação se não fosse por duas mulheres que nunca tinham se encontrado, mas que mostraram bondade para uma alma perdida atormentada por uma doença mental.

As vidas de Suzanne Kratzer, professora aposentada em Allentown, e de Phyllis Graham, enfermeira aposentada em Plymouth Meeting, se cruzaram após a morte de Maria-ninguém e elas juntaram as peças do quebra-cabeça e resolveram o mistério.

As peças fizeram com que voltassem 50 anos no tempo, até a época em que Phyllis estudava enfermagem no antigo Germantown Hospital, em Filadélfia. Sua colega de quarto e amiga próxima durante três anos foi uma pequena morena da cidade de Mount Carmel, em Poconos.

Seu nome: Leona Kovalick.

— Ela era uma moça realmente bonita — lembrou Phyllis —, agitada, efervescente, despreocupada, gostava de se divertir.

Dias despreocupados

As duas saíam juntas com namorados e passavam os sábados de verão na praia em Ocean City. "Nós nos divertíamos muito, mas ela nunca falava sobre seu passado — disse Phyllis."

Phyllis se casou em 1950, e sua colega de quarto compareceu ao casamento. "Foi a última vez que a vi."

Mas de vez em quando Phyllis recebia cartas de Leona, e com o passar dos anos podia dizer que sua velha amiga estava se tornando bastante excêntrica. Leona era sempre muito vaga a respeito do lugar onde morava e descartava as sugestões de Phyllis para visitá-la.

Suzanne Kratzer, a professora aposentada, tinha saído para dar uma volta com seu cachorro pelos arredores num final de tarde de 2002 quando viu uma mulher pequena, mal vestida, deitada na entrada de um prédio, com uma grande sacola de roupas do lado. "Eu me aproximei e perguntei se ela estava bem", lembrou Suzanne. "Já estava escurecendo, e eu fiquei preocupada com sua segurança. Perguntei se tinha comido alguma coisa."

Suzanne voltaria mais tarde com um prato de comida. Ela começou a ajudar a moradora de rua, que conheceu como Lee, e intercedeu para que conseguisse um benefício para viúvas através do Departamento de Negócios dos Veteranos. Também tentou convencê-la a procurar um abrigo, sem sucesso.

E permitiu que a mulher usasse seu endereço para receber correspondência.

Depois que a mulher desapareceu das ruas em abril de 2004, Suzanne abriu um cartão que chegara endereçado a Leona Kovalick. Era de Phyllis.

Um conjunto de peças

As duas mulheres compararam as notícias. As duas haviam lido a respeito da Maria-ninguém que não havia sido identificada: Suzanne, no jornal local; Phyllis, nesta coluna. Quanto mais conversavam, maior a sua certeza a respeito da identidade da Maria-ninguém.

Phyllis lembrou que Leona havia falado de um sobrinho na Louisianna. Phyllis o localizou e ele entrou em contato com o gabinete do legista de Lehigh County, que lhe enviou uma foto da mulher não identificada.

— Soube imediatamente que era ela — disse J. Richard Kanuch, advogado de Nova Orleans. Um antigo exame de raio X de uma fratura no braço sofrida por sua tia confirmou a suspeita, disse Paul Zondlo, legista-chefe de Lehigh County.

Richard contou que sua tia havia ficado irascível e instável quando estava com cerca de 30 anos. Podia ser doce em um momento e no instante seguinte tornava-se hostil. Descuidava da higiene e podia ser fisicamente agressiva. Um a um, conseguiu afastar seus 12 irmãos. Por fim, simplesmente desapareceu.

— Eu não sei o que aconteceu a ela — ele disse. — Fez faculdade, foi muito bem na escola de enfermagem, namorou vários cirurgiões... É uma história triste.

Na tarde de quinta, no primeiro aniversário de sua morte, a mulher antes conhecida como Maria-ninguém receberá uma cerimônia apropriada. Phyllis, Suzanne e alguns colegas da escola de enfermagem de Suzanne irão se reunir em torno do túmulo.

Um padre dirá algumas palavras. Haverá flores e uma verdadeira lápide, com seu nome:

Leona Kovalick Bosker, 1-6-1928 — 12-5-2004.

13 DE MAIO DE 2005

Uma amiga perdida na vida, mas encontrada na morte

Ontem, Phyllis Graham parou junto à pequena lápide em um campo para indigentes há alguns quilômetros do centro de Allentown e abriu o livro do ano com capa de couro da classe de 1948 do Germantown Hospital.

Cinco das suas colegas de classe na escola de enfermagem naquele ano, todas aposentadas há muito tempo, juntaram-se para ver.

— Aqui está ela — disse Phyllis, apontando para a fotografia em preto-e-branco de uma jovem pequena e atraente em um uniforme branco, o queixo ligeiramente erguido. — Essa é Lee.

Leona Kovalick Bosker. Ela nasceu no dia 1º de junho de 1928 e cresceu no interior carvoeiro da Pensilvânia. Ontem fez um ano que ela morreu, como indigente não identificada, infestada por piolhos, atropelada por uma van quando dormia em um estacionamento.

Que jornada triste e longa foi essa.

Assim a descreve o livro do ano: "Aqui está ela. A 'bomba loura' da nossa classe. Ela adora roupas e realmente consegue lhes fazer justiça. Lee dá vida a qualquer festa e possui um certo charme pessoal que ninguém consegue apagar e um sorriso inconfundível".

A referência a Leona no livro conclui: "Sabemos que não precisamos lhe desejar boa sorte porque ela já está em seu caminho". Mas nada que lembre a sorte adornou a vida dessa mulher cujo futuro, que antes era considerado brilhante, sucumbiu às profundezas da doença mental autodestrutiva.

As mulheres chegaram ao cemitério para indigentes pouco antes do meio-dia com um vaso de gerânios e um ramo de lírios do campo para colocar no túmulo de sua ex-colega de classe. Queriam dar a ela a despedida apropriada. Queriam lembrar dela como havia sido, e não no que se transformara.

— Eu não suportava a idéia de vê-la partir assim — disse Phyllis. — Nenhuma de nós queria vê-la enterrada daquele jeito.

Enterrada sem ninguém por perto e sem que alguém sentisse sua falta, em uma caixa feita de tábuas, uma errante sem rosto e sem nome chamada simplesmente de Maria-ninguém pelas autoridades de Lehigh County. A mulher sem nome.

Demorou praticamente um ano, mas Phyllis e uma professora aposentada de Allentown, Suzanne Kratzer, que havia feito amizade com a indigente nas ruas de Allentown em 2002, juntaram as peças do quebra-cabeça que permitiu às autoridades identificar positivamente a antiga enfermeira.

Agora, suas ex-companheiras de classe, que não viam Leona há mais de meio século, se reuniram para dizer adeus.

— Ela era uma moça adorável e divertida, e despreocupada — lembrou Audrey Raby, de Bethlehem.

— Era muito sociável, uma pessoa muito engraçada — acrescentou Betty Salevsky, de New Hope.

Phyllis lembrou de que ficava rindo até tarde com Lee no dormitório — e perdendo seus privilégios por causa disso. Ela contou que saíam escondido para tomar sorvete, ou para ver as vitrines da Germantown Avenue; saíam juntas com namorados e voltavam queimadas de sol depois dos passeios até a praia.

Madeleine Bowen, de Willow Grove, disse que Leona fazia suas colegas de classe rirem. Ela se lembrou de um incidente em particular. Naquela época era costume fazer às vezes enemas de chá nas crianças doentes, e a primeira vez que Leona precisou fazer esse procedimento ela ergueu os olhos e perguntou: "Tenho que colocar açúcar e limão no chá?"

— Todas as garotas rolaram de rir — disse Bowen. — Ela estava séria. Por isso foi tão engraçado.

Todas as mulheres concordaram que nunca perceberam qualquer sinal que as fizesse suspeitar de que a vida de sua ex-colega de classe pudesse se desestruturar dessa forma. E mesmo assim foi o que aconteceu. Uma vida absolutamente comum tornou-se absolutamente desfeita.

Em pouco tempo chegou o padre. O grupo o havia convidado porque Leona era católica. O reverendo Harold Dagle, pastor da Igreja da Imaculada Conceição, em Allentown, postou-se sob o céu limpo e disse ao pequeno grupo que aquela mulher era uma das muitas almas perdidas que cruzam conosco nas ruas todos os dias. E mesmo assim, de alguma forma ela foi encontrada na morte.

O padre rezou: "Que ela descanse na eternidade, Senhor, e que a luz eterna brilhe sobre ela".

As mulheres, formando um círculo com flores, fotos e lembranças, responderam: "Amém".

Então Phyllis, a voz trêmula, disse: "Passamos três anos juntas — rimos muito, choramos muito, mas também nos preocupávamos muito uma com a outra. Adeus, Lee".

7 DE JUNHO DE 2005

Xingado por um adesivo

Era mais um daqueles dias no sistema rodoviário da Pensilvânia. Quente, úmido e cheio de gente — e então surgiu o temido mar vermelho das luzes dos freios.

Minha viagem matinal de ontem mal tinha começado quando um carro da Turnpike Commission anunciou as más notícias com um sinal luminoso: "Prepare-se para parar. Acidente a frente". Bem a frente.

O tráfego parou; filas gêmeas de carros parados se estendiam pelo horizonte, como se eu tivesse ido parar na maior competição de carros estacionados paralelamente do mundo. Ali ficamos sentados, meus companheiros de viagem e eu, cozinhando no sol, as camisas ficando encharcadas com o suor, a pressão subindo. Juntos, formamos um mar de seres humanos acalorados e irritados, todos atrasados.

Foi nesse caldeirão que o sr. Cordial se enfiou com seu enorme utilitário esportivo branco. Ele conseguiu entrar na minha frente e foi quando eu vi um adesivo no vidro traseiro do veículo, bem na altura dos olhos.

E o que dizia a mensagem para seus companheiros de batalha na estrada?

Seria "Tenha um bom dia"?

Seria "Se estiver feliz e souber disso, toque a buzina"?

Seria "Estamos todos juntos nessa"?

Nada disso. O adesivo dizia: "Eu quero te matar".

Ótimo. Estou preso num trecho de asfalto escaldante, o ponteiro da gasolina caindo para a reserva, o suor escorrendo pelas costas, e esse Einstein diz que quer me matar. Era exatamente o que eu estava precisando nesta bela manhã de segunda-feira.

Desprezo mútuo

— Quer me matar? — eu murmurei. — Não tanto quanto eu quero te matar, meu chapa.

Na verdade, usei uma palavra muito mais significativa do que chapa. O que posso dizer? A grosseria alimenta a grosseria.

Através do vidro traseiro eu podia vê-lo discursando ao celular, com a mão livre segurando o volante. Não se tratava de um aluno do colegial tentando atrair a atenção de alguém; não parecia um universitário com senso de humor distorcido. O sujeito tinha idade suficiente para saber o que estava fazendo.

Eu quero te matar. Que tipo de declaração pública era aquela?

Por acaso acreditava que estava sendo engraçado? Polêmico? Escandaloso?

Considerando a posição da mensagem na altura dos olhos e o tipo pequeno, imaginei que visasse os motoristas que colam perigosamente na traseira. Algumas dessas mensagens podem funcionar como uma buzina, como a que diz: "Se você puder ler isto, então está no campo de tiro".

Isso é genial. "Eu quero te matar" é assustador e sociopático. E com o número de casos de violência e de homicídios nas estradas aumentando, é apenas um pouco assustador.

Fico imaginando se Douglas Heavlow, que agora está na prisão, exibia uma dessas mensagens na sua picape no dia em que atingiu a lateral de um carro em 2000 porque estava indo muito devagar pela Northeast Extension, matando uma mulher de 21 anos.

Ou o caminhoneiro furioso da Route 22, em Northampton County, mandado para a prisão por ter batido intencionalmente com seu caminhão na traseira de outro veículo, matando dois homens.

Parte do problema

Ou o sujeito que matou outro homem com uma espada durante uma discussão na estrada em Camden. Ou os incontáveis nervosinhos de cabeça-quente que apontaram, e chegaram a atirar com suas armas, contra outros motoristas.

Eu quero te matar.

Freqüentemente, a ameaça é real.

Fiquei mais de meia hora contemplando a proclamação homicida do sr. Cordial e finalmente decidi que gostaria de lhe dizer umas coisas. E pensei em dizer isto:

Escuta aqui, companheiro, ninguém está rindo. Se me tratar com dignidade e respeito, eu o tratarei da mesma maneira. Se tiver consideração, terei consideração também. Se abrir os seus braços para mim como um parceiro de sofrimento na guerra das estradas, eu devolverei o abraço.

Mas quando você mostra, para mim e para todos os que estão ao redor, o pouco valor que dá às nossas vidas, por favor, fique sabendo que você é pior do que um cretino bruto e grosseiro (e não muito original). Você, sr. Cordial, é parte do problema. Você é o abrasivo que tornou a sociedade tão dura e tão feia.

Na batalha entre a grosseria e a decência, entre a rapinagem e a gentileza, entre aqueles que constroem uma comunidade e aqueles que a destroem, você é o inimigo.

Por isso, faça um favor à Grande Filadélfia. Pegue seu adesivo e... e... tenha um bom dia, senhor. Agora me diga, gosta de ouvir essas coisas?

25 DE JULHO DE 2005

Quando nossos medos levam a preconceitos

O pecado do preconceito me fez uma visita na semana passada.

Não, não estou orgulhoso de mim mesmo.

Estava visitando a cidade de Nova York e cheguei correndo para pegar o ônibus expresso de volta para a Pensilvânia. No meu caminho para o terminal, passei por um grupo de homens da Guarda Nacional com roupas de camuflagem, rifles automáticos sobre os ombros. Estavam conversando enquanto as pessoas passavam; muitas, como eu, carregando malas e valises. Ocorreu-me que eles não poderiam fazer muita coisa para parar alguém cuja mala tivesse uma bomba.

O ônibus estava quase cheio. Quando estava prestes a sair, um passageiro de última hora entrou carregando um grande pacote retangular envolto por um grande saco de lixo preto. Ele manteve os olhos baixos e sentou no único lugar que restava, bem na minha frente.

Senti uma reação imediata, visceral, à sua presença. Meu coração acelerou, meu estômago ficou apertado. Eu podia sentir o sangue latejando nas têmporas.

O homem era jovem, provavelmente 19 ou 20 anos, com cabelo preto curto e uma barba bem rente. Parecia ter ascendência do Oriente Médio.

Meu Deus... um homem-bomba.

O cálculo do terror

Imediatamente, disse a mim mesmo que estava sendo ridículo — e horroroso. Eu nada sabia a respeito do estranho, que poderia ser um estudante de faculdade ou engenheiro ou um filho a caminho de casa para visitar os pais. Tudo o que eu sabia era que ele, pelo menos naquele momento, me fez lembrar dos rostos ameaçadores dos jovens muçulmanos que haviam detonado bombas em Londres no dia 7 de julho, matando outras 52 pessoas com eles.

Quanto mais eu tentava não pensar no assunto, mais nervoso ficava. Tudo fazia sentido para mim. Ele estava viajando sozinho (sim, e eu também); estava segurando um grande pacote com as duas mãos. Pelo menos no meu entender, ele parecia nervoso, desconfortável. Somente depois é que me ocorreu que o seu desconforto poderia ter algo que ver com o fato de as pessoas, como eu, estarem imaginando que ele era mau baseados unicamente na sua ascendência.

Ainda assim, as peças encaixavam. Homem jovem, islâmico (eu deduzi). Sozinho, agarrado a um pacote grande, estranho. Em um ônibus lotado que em poucos minutos estaria dentro do Lincoln Tunnel. Na hora do rush.

Primeiro, Londres. Agora, de novo, Nova York. Um golpe duplo. É claro!

Enquanto o ônibus se aproximava da entrada do túnel, sentia uma queimação no estômago. Medo, do tipo que eu não sentia fazia muitos anos.

Uma dedução injusta

Eu estava a alguns centímetros de distância. Se uma bomba explodisse, eu não teria qualquer chance, nem ficaria sabendo. Em um momento estaria imaginando. No outro já teria ido.

Olhei em volta. Se algum dos outros passageiros estava sentindo a mesma preocupação, não demonstrava. Mas eu também não.

Gosto de me imaginar como um homem de mente aberta. Gosto de pensar que julgo as pessoas por seus méritos. Ainda assim, ali estava eu, pronto para correr até a frente do ônibus e exigir que o motorista me deixasse sair. E por quê?

Havia alguma diferença em relação à mulher branca que entra em pânico quando um negro entra no elevador com ela? Não, não havia. Eu era culpado. Culpado por fazer pré-julgamentos. Por traçar um perfil racial. Por estereotipar.

Eu sabia disso. Mesmo assim, o terror era real. Quando entramos no túnel, apertei bem os olhos. Se houvesse um terrorista a bordo, era ali que ele iria agir. Depois de uma eternidade, saímos para a luz. Nunca fiquei tão feliz em ver Nova Jérsei. O homem ainda estava lá, agarrado ao pacote. Comecei a relaxar, mas aí ele abriu o saco plástico e começou a remexer nas coisas que estavam lá dentro. Outra onda de medo. Outro alarme falso.

Quando saí do ônibus na minha parada, o meu terrorista em potencial estava dormindo. Agora estava claro: ele era apenas um sujeito que estava indo para algum lugar — igualzinho a mim. Desci do ônibus, sussurrando um pedido de desculpas que só eu conseguia ouvir.

Os ataques terroristas nas sociedades livres fazem muitas, muitas vítimas. Nem todas elas são atingidas por estilhaços de bombas ou pedaços de projéteis.

Amaldiçôo os terroristas pelo que eles fizeram. E me envergonho pelo que permiti que fizessem.

4 DE OUTUBRO DE 2005

UM TERRORISTA? *MOI*? ABSOLVIDO DUAS VEZES

Eu não sou um dos homens mais imponentes do mundo. Por isso, quando fui puxado com força na fila do Aeroporto Internacional da Filadélfia para uma revista dos pés à cabeça, devido a um alerta antiterrorista, devo confessar que senti uma confusão de emoções.

Parte de mim ficou irritada. Eu precisava pegar um avião; do que se tratava tudo aquilo? Por acaso eu parecia um terrorista?

Parte de mim ficou impressionada. Os agentes de segurança do transporte aéreo se mostraram profissionais e educados — decididamente um avanço em relação aos zumbis de empresas de segurança privada que eles substituíram depois do 11 de setembro; a maioria dava a impressão de que tinham acabado de ser recrutados na porta do Burger King.

Parte de mim ficou aliviada. Se um pai de meia-idade como eu podia merecer esse tipo de escrutínio, que chances teria um verdadeiro terrorista?

E parte de mim estava — sim, tenho que admitir — algo envaidecida. Essa talvez tenha sido a primeira vez na minha vida que alguém me considerou uma ameaça para o que quer que fosse. Enquanto o aparelho de raios X me examinava, não consegui deixar de me esticar para ficar mais alto. Uau, eles acham que eu posso ser perigoso!

Alguma coisa no meu cartão de embarque havia acionado um alarme, um temido código de quatro dígitos. Assim que o mostrei para o primeiro guarda, ele abriu o portão e disse, educadamente: — Siga-me, por favor. — Ele me levou até uma área cercada e chamou um outro para me revistar. Nossa, então eu não tinha escolha?

Assuma a posição

Enquanto colocava as luvas de látex, o especialista em revista explicou calmamente o que iria fazer. Tirei meus sapatos e me posicionei sobre as duas pegadas coladas no piso, meus braços para a frente numa pose messiânica. "Desabotoe o cinto", ele ordenou. Como assim? O banjo da música-tema de "Amargo Pesadelo" começou a tocar na minha cabeça.

O oficial revistador passou as mãos pela minha cintura, para um lado e para o outro e para cima e para baixo em cada perna, raspando perigosamente aquela zona proibida que minha mãe sempre disse que não era da conta de mais ninguém.

Ele me fez abaixar a cintura da minha calça jeans, como se eu pudesse estar escondendo um fuzil Kalashnikov, e examinou a roupa como se estivesse amassando farinha para fazer pão.

Enquanto isso, sua colega abriu minha mala e começou a examinar minhas meias, roupas de baixo e artigos de toalete. Tudo o que consegui pensar foi: "Por favor, meu Deus, não permita que alguma meia-calça da minha mulher tenha vindo no meio".

Ainda não eram sete horas da manhã e eu estava sendo apalpado por um estranho enquanto outra pessoa examinava minhas cuecas. Tudo isso enquanto os outros passageiros passavam por mim, olhando admirados e sem dúvida imaginando que segredos ocultos eu poderia estar escondendo para merecer toda aquela revista.

A mulher passou uma almofada de pano na minha bagagem e nos meus pertences, por dentro e por fora, e então passou a almofada por um sensor para ver se havia vestígios de explosivos.

"Poderia me acompanhar, por favor", de novo?

Vários minutos depois, decidiram que eu não representava risco algum para quem quer que fosse; pude fechar o cinto e me deixaram juntar minhas coisas.

Acho que posso agüentar uma revista aleatória. Faz parte do nosso dever de americanos na era pós 11 de setembro tolerar essas pequenas humilhações e limitações das nossas liberdades em nome da segurança de todos.

Mas no dia seguinte, ao voltar para casa, estava me aproximando da área de segurança em Chicago quando ouvi a mesma abordagem educada: "Poderia me acompanhar, por favor? E fui de novo submetido à mesma revista física e todos os meus pertences foram examinados novamente. O que estava acontecendo?".

Perguntei ao oficial e ele não tinha idéia. Muitas coisas podiam provocar uma revista, ele disse. Por acaso eu pagara a passagem com dinheiro? Havia comprado na última hora? Era só de dia? Nenhuma das anteriores. "Ou pode ser algo totalmente aleatório", ele falou.

Duas vezes em dois dias?

Pensei em culpar minha agente de viagens. Era a primeira vez que trabalhava com ela, e imaginei que ao comprar a passagem ela pudesse ter acrescentado algo do tipo "Eu ficaria de olho nesse sujeito se fosse vocês".

Talvez tivesse algo que ver com o fato de minha passagem ter sido paga por terceiros — o editor do meu livro — e envolver uma estadia tão curta.

O que eu sei é isto: se os disparadores automáticos que me pegaram duas vezes em dois dias também localizam possíveis terroristas, o aborrecimento e a humilhação compensam. Ficarei em posição sem reclamar.

Mas esse é um considerável "se".

6 DE DEZEMBRO DE 2005

ATÉ A VICKI PRECISA MELHORAR SUA IMAGEM

Eu estava sentado no Granite Run Mall perto de Media, no sábado, fazendo o que os homens casados de todos os lugares fazem enquanto suas esposas estão dando aos cartões de crédito uma boa sessão de exercícios.

Sentei e fiquei olhando para o manequim da Victoria´s Secret.

Na verdade, ela ficou olhando para mim; eu só devolvi o olhar fixo.

Era difícil não reparar em Vicki, como eu a batizei. Ela ficava bem na vitrine da frente debaixo de luzes brilhantes, equlibrando-se precariamente sobre saltos-agulha, com o cabelo loiro encaracolado caindo sobre os ombros. Era alta o bastante para ser jogadora da NBA, com pernas tão longas e fluidas quanto o Schuylkill. Estava com tão pouca roupa quanto é possível estar em um lugar público sem correr o risco de ser presa.

Seu guarda-roupa consistia de um chapeuzinho de Papai Noel rosa-escuro com sutiã na mesma cor e calcinha muito, muito, muito minúscula.

— Meu Deus, o tecido não é suficiente para fazer um lenço decente — eu comecei a dizer antes de perceber que estava falando como a minha avó.

Imagino eu seja um sinal de que você chegou à meia-idade quando começa a ficar parecido com parentes que se foram há muito tempo. Num dia você é jovem, tem a mente aberta e revira os olhos diante das coisas insuportáveis que os adultos dizem; logo em seguida está vergonhosamente repetindo suas melhores frases.

Barbie, mas crescida

Eu tinha que admitir, a Vicki era atraente, como uma Barbie em tamanho natural, só que melhor. Seus traços eram ainda mais exagerados, as pernas imensas, a cintura absurdamente pequena, e os seios enormes. Os ossos dos quadris de Vicki eram salientes, sob o estômago lisinho, até afundado; seus braços pareciam palitos de fósforos. Se essa mulher idealizada adquirisse vida miraculosamente, teria de ser levada imediatamente para tratamento de anorexia no hospital mais próximo.

E ficamos nos perguntando por que tantas adolescentes têm problemas alimentares e de auto-estima?

Ainda assim, mulheres de todas as idades se juntavam dentro da loja, escolhendo as roupas minúsculas. Não é preciso dizer que havia uma discrepância enorme entre a beleza engessada da vitrine e aquelas atraídas por ela.

As compradoras tinham todas as formas e tamanhos. Eram redondas e com formato de pêra, recurvadas e angulosas, altas e baixas. A maioria, para falar honestamente, até as adolescentes, estavam em diferentes estágios do sobrepeso, reflexo de um país em que as pessoas comem demais e se exercitam de menos. As poucas que pareciam suficientemente delgadas para usarem as roupas reveladoras exibidas na vitrine da frente pareciam estudantes. Caramba!

Acredite, se existisse um Victor´s Secret no mesmo lugar com um homem idealizado na vitrine, nós também não teríamos nada que ver com ele.

(Juro que conseguiria sozinho levar a *Speedo* à falência só com um passeio pela praia usando um daqueles minúsculos trajes de banho.)

Em outras palavras, ao contrário da modelo-robô da vitrine, as clientes que estavam no shopping no sábado eram humanas.

E nós, humanos, abastecidos com comidas de *fast-food* e baldes de refrigerante, estamos ficando mais gordos a cada hora que passa. Não apenas os adultos, mas também as crianças. A obesidade infantil mais do que duplicou nos últimos 25 anos.

Abismo realidade-fantasia

E, pra variar, a metropolitana Filadélfia está estabelecendo tendências culturais. Saudemos o calórico *cheesesteak*!

O que estamos fazendo a respeito disso? Admirando bonecas de tamanho real que apregoam roupas que nenhum de nós poderia ou deveria tentar usar.

Não importa. Os publicitários alardeiam cada vez mais os padrões de perfeição, enaltecendo padrões de beleza cada vez menos realistas. O abismo entre realidade e fantasia aumenta mais a cada dia. Enquanto ficamos cada vez mais rechonchudos, as modelos das vitrines ficam cada vez mais magras. Desse jeito, é só uma questão de tempo até que as manequins mal-nutridas assumam o controle e comecem a arrancar de nós os nutrientes de que precisam, o que pode não ser uma idéia tão má.

Enquanto estava sentado imaginando a cena, decidi que devíamos todos fazer uma promessa coletiva de Ano Novo. Deveríamos prometer que iríamos comer melhor e nos exercitar mais, controlar as calorias vazias, sair do sofá e realmente viver um pouco.

Enquanto estivermos fazendo isso, para melhorar a saúde e viver mais, deveríamos mostrar às nossas filhas que elas não precisam ser caricaturas de palitos para serem valorizadas nessa cultura obcecada com a magreza.

Sem querer ofender, Vicki, mas você realmente poderia ganhar uns quilinhos.

9 DE DEZEMBRO DE 2005

Quando a música morreu, as palavras nasceram

Você se lembra do que estava fazendo quando John Lennon foi baleado? Eu não, mas eu me lembro, com uma nitidez cristalina, do momento em que ouvi a notícia atrasada, 25 anos atrás.

Fazia um ano que eu tinha saído da faculdade e estava trabalhando como copidesque de um jornalzinho medíocre em Michigan. Como o jornal era vespertino, eu começava a trabalhar às 4:45 da manhã. Minha tarefa era limpar o texto dos outros — o melhor que eu conseguia fazer era transformar algo horrível em simplesmente medíocre — e depois colocar um título.

No dia 8 de dezembro de 1980, fui para a cama cedo, não ouvi rádio nem assisti televisão, sem ter idéia das ondas do choque sísmico que emanavam do lado oeste do Central Park em Nova York. Na manhã seguinte, entrei na redação sem saber o que acontecera, e os outros copidesques — homens mais velhos que adoravam me provocar — me esperavam alegremente, com uma nota da Associated Press na mão.

— Seu heroizinho Johnny Lennon se deu mal ontem à noite — disse um deles, um burocrata fracassado chamado Brandon.

Eu caí para trás. Tropecei e gaguejei. "Ele, o quê?", eu perguntei, tentando processar a informação. Eles estavam achando aquilo tudo extremamente divertido.

Entrei na sala de esportes vazia e telefonei para o meu irmão mais velho em Nova York, acordando-o. "Você ouviu?", perguntei.

Sem necessidade de palavras

Ele ouvira, na noite anterior, ao caminhar do trabalho para casa passando pelo Central Park, e se juntara às milhares de outras pessoas que se reuniram em vigília diante do prédio onde morava o ex-Beatle. Nós ficamos ali ao telefone, sem dizer muita coisa, sem necessidade de falar.

Outros ícones da nossa época também haviam "se dado mal", como dissera Brandon: Elvis, Jimi, Janis, Morrison — mas aquilo era diferente.

Os outros haviam morrido por causa de seus próprios excessos. Lennon havia superado os seus, publicamente, dolorosamente, encontrando finalmente a paz na alegria simples da paternidade. E foi assassinado por um de nós, um fã perturbado, carregando um exemplar do livro de J.D. Salinger, "O Apanhador no Campo de Centeio".

Se os Beatles tinham proporcionado a trilha sonora da minha juventude, J.D. Salinger havia fornecido o texto escrito. Holden Caulfield — louco, confuso, imprevisível e digno de pena — tinha um pouco de todos nós naquela época, assim como Lennon, lutando para encontrar seu caminho, mostrando para todos a sua angústia.

E esses dois ícones culturais se chocaram diante do Edifício Dakota de uma forma que ninguém poderia prever. O carma instantâneo vai te pegar... Mesmo assim, não desse jeito.

O fato de sua morte ter ocorrido um dia depois do aniversário do terremoto cultural de outra geração — Pearl Harbor — só aprofundou o sentimento de que isso era algo muito maior do que o assassinato de uma celebridade.

Tratamento interno

Na sala de copidesque, o chefe da redação, um veterano da II Guerra Mundial que aos 19 anos havia lançado bombas sobre Berlim, relegara a morte de John Lennon a dois parágrafos numa página interna.

— Você está brincando — eu disse.

Duas horas depois, chegou o editor do jornal, um sensato veterano que sobrevivera ao bombardeio de Pearl Harbor. Deu uma olhada nas notícias, parando na matéria a respeito de John Lennon, condenada à seção "Em Resumo".

Ele olhou para mim e pela primeira vez pediu minha opinião.

— Isto aqui é coisa grande, não é?

— Muito grande — eu disse.

Ele parecia ter entendido o que os meus colegas não foram capazes de perceber: que, como Pearl Harbor, esse acontecimento fecharia definitivamente as portas para a inocência e ingenuidade de uma geração.

All you need is love... Certo.

Abrimos um espaço na primeira página e estampamos a matéria sobre Lennon no alto. Então o meu editor, essa relíquia de uma época mais simples, quando o bem e o mal estavam mais claramente definidos, virou para mim e perguntou se eu poderia escrever um comentário na primeira pessoa dizendo como a morte de Lennon me afetara.

Foi a primeira coluna que escrevi na vida, e quando terminei, sabia que era o que eu queria fazer.

Nesta bola de neve maluca de circunstâncias imprevistas que é a vida, quatro disparos em uma calçada da cidade de Nova York repercutiram exteriormente, tocando muitos de nós de maneira única.

Para mim, naquele dia alguma coisa morreu. E nasceu outra.

6 DE JANEIRO DE 2006

VOCÊ RECEBEU UM *SPAM* — CDS DE TESTE DA AOL

Depois de carregar o quinto saco de lixo até a calçada, após os feriados, eu percebi que não agüentava mais. A embalagem que acompanha praticamente tudo o que você compra neste país, seja comida entregue em domicílio, ferramentas ou roupa íntima, estava completamente fora de controle. Será que realmente precisamos que aquele bonequinho seja embalado numa caixa dupla envolta por plástico e preso a um pedaço de papelão com elásticos? Estamos com medo de que ele escape?

Será que realmente acreditamos que o sabor da abobrinha vai ficar melhor se for embalada naquela embalagem de isopor e envolta com tanto celofane que poderia cobrir um monumento?

Eu procuro reciclar o máximo possível de papel e plástico, e mesmo assim a minha família, composta por cinco pessoas, estava contribuindo com montanhas para o depósito de lixo — a maioria feita de embalagens inúteis que vinham para a nossa casa com presentes e iam direto para o lixo. Era uma coisa obscena.

Foi quando localizei o inimigo. No alto de uma lata de lixo aberta, esperando para se juntar aos destroços na calçada, estavam duas caixas fechadas, envoltas em plástico, que tinham aparecido na minha caixa de correio alguns dias antes, como já havia acontecido com tantos outros pacotes não solicitados.

Se uma empresa qualquer estivesse me mandando produtos não solicitados, eu iria prestar uma queixa na polícia. Mas aquilo não era de uma empresa qualquer.

Eram da America Online.

Um dos pacotes estava no meu nome, e o outro em nome do "morador atual". Ambos continham material idêntico: CDs novinhos e uma oferta: "Experimente a AOL por 90 dias sem problemas!".

Visita não convidada

O único problema era que eu não queria experimentar a AOL, com ou sem problemas. Já tinha visto, experimentado e mudado para outro provedor de serviços de Internet há muitos anos. E mesmo assim, com a regularidade das chuvas, os CDs continuavam a aparecer. Assim que chegavam, eu os jogava no lixo.

Talvez fosse a irritação pós-festas de fim de ano, mas eu disse em voz alta "não desta vez". Peguei as duas caixas da AOL da lata de lixo e escrevi em letras garrafais: "Recusado! Devolver ao remetente". Rapaz, aquilo me causou uma ótima sensação.

Na manhã seguinte, antes de postá-las, decidi verificar com uma funcionária dos correios. Expliquei que estava cansado daquelas correspondências não solicitadas.

— É tudo lixo — disse a atendente. — Jogue fora.

— Mas eu não quero jogar fora — eu disse. Tentei falar dos depósitos de lixo e das embalagens e dos sacos de lixo, mas ela cortou o papo.

— Nós não faremos esse entrega, senhor.

Procurei outra agência e obtive a mesma resposta. As despesas postais pagas pela AOL e outras empresas não incluem o serviço de devolução.

— Infelizmente, o senhor terá que se livrar delas por sua conta — disse a atendente.

Fiz uma busca no website da AOL acreditando que poderia obter alguma informação a respeito da devolução desses CDs indesejados por conta da empresa. Entrei em "Descubra tudo na AOL" e descobri tudo, menos como devolver aquelas coisas. Entrei em *spam* (afinal, não era disso que se tratava?), mas continuei sem sorte.

A CAMINHO DO LIXO

Na minha busca pela Internet, descobri um grupo (www.nomoreaolcds.com) que se dedica a acabar com a prática do envio de milhões de CDs não solicitados, muitos dos quais acabarão no lixo. O grupo da Califórnia está juntando os CDs não solicitados, e quando atingir a marca de um milhão pretende enviá-los por caminhão para o escritório central da empresa, na Virgínia, e jogá-los na entrada. Quero estar lá para ver isso.

Estava decidido a enviar os CDs de volta para a AOL (22000 AOL Way, Dulles, VA 20166). Mas por que eu deveria pagar para devolver algo que não havia solicitado?

Finalmente, descobri um número para ligações gratuitas (1-800-466-5463) e rapidamente entrei em contato com um prestativo representante de vendas da AOL chamado Mike, ansioso para me vender uma assinatura. Quando lhe disse que só queria que tirassem meu nome da relação de mala direta da empresa, ele disse: "Aguarde um momento, por favor".

É claro que a ligação caiu.

Na segunda chamada, depois de passar por várias mensagens automáticas, consegui falar com um homem educado chamado Mbuso, na África do Sul. Não sabia que podia haver tantas maneiras diferentes de pronunciar Pensilvânia. Mbuso ouviu o que eu disse e prometeu que os dias de recebimento dessas obscenidades ecológicas chegariam ao fim.

Isso ainda não resolve o problema das duas caixas que estão em cima da minha escrivaninha. Quem sabe, talvez eu comece a praticar tiro ao alvo.

17 DE FEVEREIRO DE 2006

Com esse anel, mostre alguma classe

Está certo, homens. Precisamos conversar.
Sobre o anel.

Sim, esse anel. Aquele que Mario Mele, ex-membro da Câmara de Montgomery, deu à sua namorada, Janet Grace, na última primavera.

O anel que representou uma grande declaração de amor e devoção e compromisso para o resto da vida. Uma declaração de mais de dois quilates e 35 mil dólares.

O anel que Mele, algumas semanas depois, pediu de volta depois de decidir que, você sabe o quê? Talvez o casamento não fosse uma idéia tão boa, afinal de contas.

Aquele anel.

Mulheres, fiquem à vontade para participar, mas esta é uma conversa que nós homens precisamos ter. E a pergunta é: rapazes, quando vocês dão um anel para uma garota e depois percebem que cometeram um grande erro, qual é a coisa certa a fazer?

Não estou falando em termos legais ou financeiramente inteligentes. Estou falando da coisa certa.

A saída honrosa.

Como toda a nação agora parece saber, a noiva menosprezada não devolveu o mamute mineral. Em vez disso, vendeu o diamante de princesa, doou o dinheiro para a caridade e guardou a armação como lembrança dos golpes que podem acompanhar até as maiores pedras.

Mele, 64, processou sua ex-noiva de 46 anos, exigindo a restituição total do valor do anel, e mais 100 mil dólares pelos transtornos.

Ela manteve sua posição. Ah, o amor volúvel, do romance transparente a brigas embaraçosas em público sobre a divisão dos bens antes mesmo que o primeiro punhado de arroz tivesse sido atirado.

Uma escolha do cavalheiro

A ação estava correndo até esta semana, quando atraiu a atenção da mídia nacional e a luz dos holofotes caiu sobre o pretendente volúvel e sua noiva rejeitada. Ela foi apresentada como uma figura simpática; ele foi apresentado, bem...

Um sujeito faz um pedido de casamento e menos de dois meses depois desfaz o pedido? Ele dá uma jóia extremamente cara — e depois a pede de volta?

Nenhum homem gosta de parecer que não sabe o que quer, e nenhum homem gosta de parecer mesquinho. Mele ficou parecendo as duas coisas.

Com as luzes dos refletores nacionais sobre eles, os ex-pombinhos chegaram a um acordo sobre a ação judicial esta semana. E viveram felizes para sempre... Epa, espere. Final errado.

E ambos decidiram não revelar os termos do acordo. Agora sim.

Sabemos o que diz a lei da Pensilvânia — que um anel de noivado é considerado um "presente condicional" que pertence ao pretendente até o momento em que o acordo seja selado com um beijo no altar do casamento, ocasião em que passa a ser propriedade da noiva.

Mas o que diz o coração humano? Vamos lá, homens, ajudem-me aqui. Ao dar um anel a uma mulher, qual é a intenção de vocês? Estão realmente dando a ela, ou apenas permitindo que carreguem o bem no dedo até que seja paga a parte delas no acordo?

É mais do que isso? Ou pelo menos não deveria ser?

Regras do noivado

Se eu estivesse fazendo as regras, elas diriam o seguinte: presente é presente, e quem dá não pega de volta o que deu. Homens, vocês estão dando um anel, o anel é delas.

Mulheres, se mudarem de idéia e decidirem rejeitar o pretendente antes do "até que a morte os separe", pelo menos tenham a decência de devolver o anel, mesmo que não precisem.

Homens, se for de vocês a decisão de acabar com tudo, digam adeus não apenas à Sra. Certa, mas também a todas as economias que ajudaram o joalheiro a mandar os filhos para boas faculdades.

No grande esquema, o anel é apenas um trocado. Mesmo um de 35 mil dólares.

Eis a moral da história:

Se precisar pedir o anel de volta, é porque gastou demais.

Se precisar perguntar se ela o merece, é porque não.

Se depois de ter feito o pedido, você acordar um dia com uma dor no estômago, e sentir — apenas sentir —

que há alguma coisa errada, que essa não é a pessoa com quem você quer passar o resto da sua vida, ouça a sua intuição e agradeça por estar percebendo isso antes de sair em lua-de-mel.

Se for um cavalheiro, você conversará com ela com a maior delicadeza.

Irá se culpar.

E não falará do anel.

Você saberá que não saiu no prejuízo, mesmo que não pegue o anel de volta.

2 DE MAIO DE 2006

AJUDA FÍSICA, AJUDA ESPIRITUAL

Depois que o tsunami de dezembro tirou milhares de vidas e deixou milhões de desabrigados, muitos americanos abriram o talão de cheques.

O reverendo Stanley Hagberg pegou um saco de dormir, deu um beijo na esposa e pegou um avião para ir até o coração da tragédia.

Durante dois meses, Hagberg, ministro conservador da Igreja Batista de Hatboro, atravessou o lodo e os destroços da ilha de Sumatra, na Indonésia, ajudando todos os que precisavam.

Ele carregou sacos de arroz, entregou óleo para cozinhar, tirou o lodo do interior de casas, pintou escolas que foram cobertas pela inundação. E, principalmente, ouviu moradores dos vilarejos que lamentavam suas perdas — suas casas, seus meios de vida, seus filhos. "Todo mundo tinha uma história para contar", disse Hagberg, 66, que voltou para a Filadélfia no mês passado.

O território de Aceh, no norte de Sumatra, aonde ele chegou no dia 7 de fevereiro, é a região mais próxima do terremoto que desencadeou o tsunami de 26 de dezembro. Uma parede de água, com aproximadamente 30 metros de altura, chocou-se contra a costa ocidental, arrastando tudo o que encontrou pelo caminho. Segundo os dados oficiais, o número de mortos chegou a 126 mil e o de desaparecidos a 40 mil, mas de acordo com Hagberg os moradores acreditam que os números reais são muito mais altos.

— Até onde a vista podia alcançar, em todas as direções, não havia nada a não ser as fundações — ele disse na semana passada, em seu escritório na comunidade de aposentados Normandy Farms Estates, em Blue Bell, onde é capelão.

Um chamado mais alto

Quando recebeu o chamado para que se juntasse à missão batista de ajuda à área devastada, Hagberg hesitou.

Ele já conhecia o país, pois havia passado 16 anos com sua esposa, Nancy, trabalhando como missionários em Bornéo.

Mas isso havia acontecido há quase um quarto de século. Ele tinha dúvidas de que ainda estivesse em condições de agüentar os rigores do ofício. "Eu fiquei pensando em todos os motivos por que não deveria ir, mas compreendi que era algo que Deus queria que eu fizesse.

Hoje, o ministro acredita que a experiência mudou sua vida.

Das profundezas de um dos piores desastres naturais de que se tem registro na história, ele encontrou uma luz brilhante, resplandecente. Foi a luz de uma humanidade compartilhada que transcendeu as diferenças culturais e religiosas.

Aceh, o território onde realizou seu trabalho como voluntário, é um baluarte do islamismo fundamentalista. É também o berço de uma longa resistência rebelde contra o governo da Indonésia. Antes do desastre do tsunami, Aceh era uma sociedade fechada, que suspeitava dos estranhos.

Hagberg, com seus óculos e voz suave, manteve suas crenças cristãs para si mesmo, sabendo que estava lá para ajudar e não para fazer proselitismo.

Um ministro batista conservador no meio de muçulmanos fundamentalistas em uma terra arruinada, tomada pelo caos? Você pode pensar que essa seria a receita para mais uma sublevação de proporções sísmicas. Mas enquanto Hagberg trabalhava arduamente em meio à umidade e ao calor infestado de mosquitos, ele encontrou exatamente o oposto — algo muito maior do que o belo, muito próximo do sublime.

Novas amizades

Ele chegou esperando desconfiança; ao sair, havia encontrado o mais evanescente estado de graça — a irmandade que não vê raça, credo ou nacionalidade.

— Eles foram muito gentis, afetuosos e amorosos — disse Hagberg a respeito das pessoas cujas vidas ele tocou e que tocaram a sua. Elas ficaram profundamente agradecidas por saber que um americano havia viajado para tão longe sem outra razão além de estender a mão para ajudar.

— Você realmente passa a fazer parte da vida dos outros naquela situação — ele refletiu. — Falo de sentir a dor da outra pessoa. Você sente vontade de enxugar as lágrimas daqueles que choram suas perdas, realmente sente.

Um homem disse a ele: "Você faz parte da minha família. Você é meu irmão".

Um líder local, muito grato, propôs-se a mandar construir uma casa para Hagberg para que ele pudesse voltar com sua mulher para viver no vilarejo. "Isso, eu acho, é o maior cumprimento que já recebi", disse Hagberg.

Ele levou alguns ensinamentos para casa. Agora sabe que as ações falam mais alto do que as palavras, e que a empatia é uma dádiva que se recebe de volta. Aprendeu que em questões de vida e de morte, as diferenças desaparecem.

No meio da floresta do desespero, ele encontrou em caminho evanescente — o que leva à paz na Terra.

7 DE AGOSTO DE 2006

Verão e fumaça

O ano era 1967 e, no Verão do Amor, como ficaria conhecido, o mundo parecia estar seguindo em várias direções.

Eu tinha dois primos lutando no Vietnã; outros estavam protestando contra a guerra em Ann Arbor. Meu irmão mais velho estava cultivando um cabelão comprido; minha mãe rezava mais do que nunca para que ele não se perdesse.

Jimi Hendrix, Janis Joplin e o The Who sacudiam o país em Monterey, e os Beatles lançaram *Sgt. Pepper's Lonely Hearts Club Band*, disco que encheu nossa casa durante todo o verão em um toca-discos estéreo com tampa dobrável.

Em meu pequeno mundo, foi o verão em que meu melhor amigo, John Rosser, e eu decidimos comprar nosso primeiro pacote de cigarros.

Tínhamos 10 anos de idade.

Pelo que me lembro, foi mais idéia de John do que minha, mas eu participei da conspiração de bom grado.

Muitos dos garotos mais velhos da vizinhança, que ficava perto de um lago nos arredores de Detroit, já estavam fumando. Os adolescentes mais jovens com seus *karts* equipados com motores de cortadores de grama; os mais velhos, com seus Camaros e GTOs incrementados; as garotas do colegial com quem nós sonhávamos, todas loiras e bronzeadas, que adoravam assistir ao pôr-do-sol na praia ali perto.

Todos fumavam e pareciam lindos. Nós também queríamos isso. Assim, em uma manhã quente e nebulosa nós fomos com nossas bicicletas Schwinn Typhoon até o Sylvan Lanes Bowling Alley, que ficava bem longe de casa e muito além dos limites permitidos por nossos pais. Juntando nosso dinheiro, tínhamos a quantia exata para comprar um maço de cigarros.

Havíamos decidido ir até o boliche porque poderíamos comprar na máquina que eles tinham perto da entrada. Preferimos ir de manhã porque sabíamos que o lugar estaria vazio.

Estávamos morrendo de medo.

Eu fiquei vigiando, esperando com as bicicletas, enquanto John entrou. Ele voltou segundos depois dizendo que havia colocado uma moeda na máquina e então ouviu um barulho estranho e correu.

Era minha vez de tentar. Entrei fingindo a maior tranqüilidade possível, os joelhos tremendo, e coloquei a outra moeda — então saí correndo como se estivesse fugindo de um rottweiler.

Ficamos parados no estacionamento tentando acalmar os nervos. Agora só precisávamos escolher a marca — tinha que ser Marlboro; todos os caras bacanas fumavam Marlboro — e apertar o botão. Dessa vez nós fomos juntos.

— Eu aperto, você pega — disse John.

Eu vi o desenho do Marlboro e apertei. O botão errado.

A máquina expeliu um pacote de cigarros True. John parecia horrorizado, como se um rato morto tivesse saído da máquina. Ah, não! Cigarro de menina!

Não tínhamos tempo para reclamar. Havia adultos lá dentro.

— Vamos embora — John gritou, enfiando o pacote de True na cintura da bermuda. Pegamos as bicicletas e saímos pedalando a toda a velocidade; só paramos quando chegamos ao terreno baldio que ficava na frente da minha casa. Ali não havia nada além de uma escada bamba sobre um declive de madeira até o lago.

Na beira da água, havia um carvalho com um buraco no tronco — local onde guardamos todo tipo de contrabando juvenil durante anos. Foi lá que tiramos o celofane, abrimos o pacote e cada um de nós colocou um dos cigarros fininhos na boca.

John riscou o fósforo e acendemos os cigarros. Devíamos estar parecendo ridículos, fumando e tossindo, os olhos cheios de lágrimas, a cabeça girando, o estômago revirando.

Apesar de ser bacana, fumar não era muito divertido. Apesar disso, terminamos nossos cigarros e acendemos mais um, que ficamos passando de um para o outro.

Enquanto fumávamos em cima da árvore, falamos todos os palavrões de que conseguimos lembrar. Só pela emoção. Só para ofender as freiras católicas que davam aula na *Our Lady of Refuge* naquela rua. Queríamos que elas soubessem que ainda não haviam vencido a guerra da doutrinação.

Parecia uma coisa tão adulta, fumando e xingando na mesma respiração. (Nenhum de nós se tornou fumante quando adulto, mas de vez em quando ainda subimos em árvores para xingar.)

Nós enterramos as bitucas e guardamos o pacote de cigarros no buraco da árvore; depois fomos para a minha casa, passamos direto pela minha mãe, que estava na cozinha, e nos trancamos no banheiro para passar pasta de dentes na boca. Estávamos nos sentindo como soldados depois da batalha. Com ameaças e bravatas, nós rimos e socamos um ao outro diante da pia.

Tínhamos 10 anos e nenhuma preocupação ou aborrecimento neste mundo confuso, perturbado. Estávamos botando pra quebrar naqueles dias quentes de verão. Tínhamos acabado de conquistar nosso primeiro maço de cigarros, por mais estranho que fosse.

Só podíamos celebrar colocando o *Sgt. Pepper* pra tocar mais uma vez antes de ir para a praia, onde estavam as meninas bonitas com a pele dourada esperando para nos ignorar mais uma vez.

14 DE AGOSTO DE 2006

Um verão violento, dois mundos se chocaram

Meu tio agora é um homem velho, um padre aposentado que vive em uma casinha de madeira no campo e passa os dias cultivando vegetais para dar de graça.

Mas no verão de 1967, ele era o pastor da St. Catherine Catholic Church, paróquia do centro de Detroit que ficava a 40 minutos e um mundo de distância do bairro de subúrbio perto do lago onde eu estava crescendo.

Para os seus paroquianos, ele era o Monsenhor Vincent Howard. Para seus sobrinhos ele era apenas o padre Vin, piadista contumaz que cumprimentava todo mundo com um tapa nas costas — e um cubo de gelo dentro da camisa. Ou que nos dizia para olharmos pela janela, e então roubava a cereja do sorvete.

No dia 23 de julho daquele ano, um domingo à noite, meu tio não estava brincando. Ele temia por sua vida.

Sem qualquer aviso, uma grande parte de Detroit havia explodido com o que ficaria sendo conhecida como uma das mais violentas guerras raciais do país, uma conflagração de cinco dias que iria tirar 43 vidas e acabaria com quarteirões inteiros da cidade. As lojas ficaram em chamas, as pessoas atiravam nos bombeiros, os policiais foram expulsos das delegacias — e meu tio estava tentando proteger seu rebanho.

— Os confrontos estavam acontecendo em toda parte ao nosso redor. Naquela noite, abriguei 35 pessoas na paróquia — ele me contou há pouco tempo. — Elas dormiram no chão e nas escadas. Não podíamos levantar a cabeça na altura das janelas; tínhamos que nos arrastar com medo de sermos atingidos por um tiro.

Ele ficou especialmente preocupado com duas famílias, que tinham crianças pequenas e que moravam muito perto do centro da violência. Na manhã do dia seguinte, ele pegou o telefone.

— Telefonei para sua mãe e ela disse que os receberia em sua casa — ele lembrou.

É aí que minhas lembranças começam.

Lembro daquela manhã, em que vi Detroit pegando fogo pela televisão, e o Chevrolet do padre Vin estacionando na entrada de casa, cheio de crianças. Saíram sete do carro, cada uma carregando uma sacolinha de supermercado com roupas.

Pelo que lembro, a mais nova tinha 8 anos e a mais velha 15, uma mistura de meninos e meninas das duas famílias.

Até aquele dia, meu mundo era meu bairro tranqüilo. Tinha aulas de natação e de equitação, pertencia à Liga Infantil de Beisebol. Eu tinha apenas 10 anos e uma vaga noção a respeito da existência de lugares como Detroit, com sua pobreza e tensão racial.

Aquelas crianças, assustadas e visivelmente carentes, ficaram tão chocadas com meu mundo quanto eu ficara com o delas. Nós nos considerávamos da classe média — um carro, uma televisão preto-e-branco — mas tenho certeza de que para elas parecíamos muito ricos. Tínhamos uma casa moderna num terreno arborizado e, descendo a rua, uma praia com cais onde ficava amarrado um barco a vela.

Em meu mundo suburbano, sempre achei que fosse muito forte. Eu não era forte. Fortes eram aquelas crianças. Senti-me imediatamente intimidado. Nós nos olhamos com estranheza e desconfiança.

Minha mãe mandou que todo mundo colocasse roupa de banho e fosse nadar. Depois fiquei sabendo que fizera isso para poder lavar as roupas das crianças.

Só quando chegamos perto da água é que percebi que nem todas as crianças eram criadas com aquele tipo de privilégio. Elas ficaram olhando nervosamente para a água em que em me sentia tão à vontade. Nenhuma delas sabia nadar.

As crianças ficaram conosco durante cinco dias, enquanto a guerra seguia ao ritmo da batida de "Summer in the City" do Loving´ Spoonful, que não parava de tocar no rádio. As meninas tomaram conta do quarto e os meninos dormiram em uma barraca no quintal. Minha mãe, com o instinto materno a toda, preparava panelas imensas de salsichas, enquanto mandava os adotados, da mesma forma que fazia com seus próprios filhos, entrarem no banho e não saírem antes de estarem com os pés bem limpos. À noite, assávamos marshmallow na fogueira enquanto olhávamos as estrelas, invisíveis para quem morava na cidade.

Aos poucos, fomos ficando amigos. Andávamos de bicicleta pela vizinhança, corríamos pelo mato e caíamos na água. Ensinei o nado cachorrinho ao menino que tinha quase a minha idade, e ele me ensinou a desenhar personagens de histórias em quadrinhos.

Dia após dia, hora após hora, nós fomos percebendo que, apesar de todas as diferenças em relação ao lugar em que vivíamos, nós não éramos tão diferentes.

No fim, éramos todos apenas crianças. Crianças que adoravam sorvete e detestavam banho. Crianças que gostavam de andar descalças e temiam a volta das aulas. Crianças que fugiam das obrigações e viviam aprontando.

Através dos acontecimentos violentos, nossos caminhos haviam se cruzado. Por acaso, nossos mundos se encontraram, não com um choque, mas com espanto mútuo.

Imagino que para eles minha vida deveria parecer um conto de fadas, um sonho do qual logo iriam acordar. Eles haviam sido retirados de seu bairro em chamas e colocados ali, onde tudo era seguro, tranqüilo e bom. Ficaram o tempo suficiente para experimentar o que estava fora do seu alcance.

Só me restava aprender a grande lição. Aquelas crianças haviam sido uma espécie de chamado para que eu despertasse. Nunca mais consegui encarar como fato corriqueiro tudo o que meus pais nos davam com muito esforço. Não podia mais acreditar que as crianças cresciam todas da mesma maneira ou que a vida era um campo justo.

Naquele último dia, quando chegou a hora de nos despedirmos, nós nos abraçamos e prometemos escrever. Então eles se amontoaram no Chevrolet do padre Vin e seguiram para as cinzas que ainda ardiam no bairro onde moravam. Os rostos alegres sorriram para mim enquanto desapareciam na distância.

18 DE SETEMBRO DE 2006

Falando sobre gerações

Quando vi o The Who pela primeira vez, eu estava no último ano do colegial, e o que lembro daquele dia foi a sensação de que ia ser esmagado.

Estávamos em dezembro de 1975, no Silverdome de Pontiac, Michigan, um local cavernoso, que na época era a sede do Detroit Lions. Dezenas de milhares de fãs cercaram o lugar, esperando que as portas abrissem. Entrada gratuita.

Chegamos cedo, eu e Ray, meu melhor amigo, e estávamos bem na entrada. A multidão começou a empurrar para a frente, apesar de os portões ainda estarem fechados. Fomos ficando cada vez mais apertados até que não consegui mais mexer os braços e mal podia respirar. E aí nos apertaram ainda mais.

No momento em que o pânico estava começando a tomar conta da multidão, os portões se abriram e fomos jogados para a frente, como se estivéssemos sendo levados pela correnteza de um rio violento. Era um bom começo para uma noite volátil e louca, movida a rock-and-roll — algo que eu nunca tinha vivenciado antes. Todos os malucos do mundo estavam amontoados sob uma névoa de maconha.

A segunda vez que vi o The Who — quer dizer, os dois membros que sobreviveram — foi na semana passada, no Wachovia Center. Caramba, como nós todos mudamos nestes 31 anos.

Como observou meu colega Dan DeLuca em seu artigo, a casa estava cheia de pais de meia-idade com seus filhos adolescentes. Pais e filhos com camisetas parecidas do The Who. Mães e filhas cantando juntas "... we won't get fooled again".

Um negócio em família

Também havia muitos adultos jovens na platéia — prova da atração intergeracional dessa banda de rock icônica —, mas ao meu redor restava mais uma sensação de campo de futebol, e não a reunião dos mais malucos *bad boys* do rock.

Eu não percebi o mais leve sinal de maconha.

Eu e minha mulher levamos nossos três filhos, de 14, 12 e 9 anos, todos fãs do The Who, para vivenciar esse fenômeno cultural antes que fosse tarde demais.

E no final da noite, eu havia percebido claramente os sinais do tempo.

Pete Townshend, ainda tocando muito, estava grisalho. Roger Daltrey, aquele garoto bonito de olhos azuis que era adorado por todas as garotas do colegial, estava mais lento, o volume da voz havia diminuído, sua ginástica ao microfone era apenas uma sombra de outros tempos. Durante uma música, ele perdeu a entrada e se desculpou. "Não consegui ouvir a batida", ele disse depois, reclamando que estava meio surdo.

Era como olhar uma dupla de leões orgulhosos, leões que haviam sido reis incontestes da floresta, lutando contra o seu declínio inevitável. Eles ainda podiam tocar rock, sem dúvida alguma, mas havia certa aspereza em sua performance, um reconhecimento mudo de que os dias em que atraíam grandes multidões e arrancavam acordes poderosos estavam contados.

No banheiro masculino, um fã que parecia ter seus 50 anos disse para o meu filho de 12: "Não esqueça esta noite, garoto. A noite em que você viu Pete Townshend e Roger Daltrey juntos no palco". Ele sabia o que eu também sabia: que o sol estava se pondo pra outro ícone da revolução do rock dos anos 60.

Passando o bastão

Se não eram as mesmas estrelas do rock, eu não era mais o mesmo fã. Percebi isso enquanto observava o baterista Zak Starkey, filho de Ringo Starr, baterista dos Beatles; ele conseguia se aproximar bastante da majestade frenética do baterista original do The Who, Keith Moon. Senti um aperto de emoção no peito. Uma emoção de pai. Eu me inclinei para minha mulher. "O pai dele deve estar muito orgulhoso", eu disse, com toda a sinceridade.

Aquilo era um show de rock, e eu sabia que deveria estar dançando ao som da música. Mas percebi que estava olhando para meus filhos, que mexiam a cabeça acompanhando a batida, imaginando para onde a viagem mágica da vida os levaria. Certamente para algum lugar que eu sequer poderia imaginar.

O bastão estava sendo passado. De uma geração para a outra. Dos leões para as crias. Dos pais para os filhos. O futuro agora pertencia a eles.

Depois da última canção, a multidão aplaudiu os músicos de pé, como eles mereciam, talvez mais pelo que haviam sido, pelo que sempre seriam na nossa lembrança coletiva, do que pelo que eram agora.

Então Townshend saiu correndo do palco com a agilidade de um adolescente, enquanto seu grupo caminhou pesadamente como se tivesse artrite nos joelhos.

Como disse outro roqueiro grisalho, o rock-and-roll nunca morrerá. Mas os que tocam — aqueles deuses do palco que pareciam eternos — certamente irão desaparecer.

9 DE OUTUBRO DE 2006

Escritores teimosos na casa grande

Então, estou na Casa Branca tomando café da manhã com a Primeira Dama...

Eu sei, parece o começo de uma piada ruim. Mas lá estava eu, em um sábado, pouco tempo atrás, apreciando um salmão com torradas sob um retrato gigantesco de Benjamin Franklin.

A ocasião em que mais me aproximei do poder foi em 1968, quando segurei a bandeira do governador de Michigan. Eu me deixo fascinar pelos astros com facilidade.

— Isto está realmente acontecendo? — eu sussurrei para minha mulher.

Ela abriu o blazer para mostrar a toalha de papel com o brasão em relevo que havia surrupiado do banheiro feminino.

— Está acontecendo de verdade — ela disse.

Olhei de relance para os guardas da marinha com seus uniformes e fiquei imaginando quais seriam as leis federais que nós estávamos violando.

Sim, nós. Enfiei a mão no bolso e mostrei para Jenny que eu também estava levando uma lembrança — um guardanapo de papel com as palavras: "Selo do Presidente dos Estados Unidos".

— Guantânamo, aqui vamos nós — eu disse.

Que fique registrado: nós não éramos os únicos que estavam levando suvenires. Entre os cerca de 150 convidados para o café da manhã corriam rumores de que os produtos de papel presidenciais eram o produto mais quente do mercado.

Estávamos todos lá por uma razão muito simples: muitos de nós havíamos escrito livros. E Laura Bush, ex-bibliotecária, adora livros.

Ama-os tanto que seis anos atrás lançou o National Book Festival com a Biblioteca do Congresso para reunir autores e leitores a fim de celebrar a palavra escrita.

O festival cresce a cada ano. E, naquele sábado, cem mil leitores de todas as idades se dirigiram para o National Mall, onde haveria leituras e autógrafos de livros. Se você tem medo de que a palavra escrita esteja à beira da extinção, e de que a parafernália eletrônica tenha eclipsado as antiquadas palavras no papel, o cenário do National Mall o deixaria animado.

A multidão era composta por todos os tipos de gente que se possa imaginar. Mas foram os jovens que atraíram minha atenção. Estudantes atrás de autógrafos, adolescentes com piercings nas sobrancelhas, jovens fazendo anotações. Uma estudante me disse que viera dirigindo desde Amherst, Massachusetts.

A palavra escrita estava viva no Mall naquele dia, tão grande e imponente quanto o próprio Monumento de Washington.

Mas antes do festival tivemos o café da manhã, e antes do café da manhã — na noite anterior — tivemos um baile de gala na Biblioteca do Congresso para os autores e patrocinadores, ao qual compareceram o Presidente e a Sra. Bush, a Secretária de Estado, Condoleezza Rice, e outros membros do governo.

— Hei — eu disse, apontando para o Procurador Geral da República, Alberto Gonzáles, sentado na mesa ao lado. — É o sujeito da tortura!

Mas não estávamos lá para debater a tortura ou prisões inconstitucionais ou o atoleiro do Iraque. Estávamos ali para concordar com uma coisa: o valor das palavras no papel.

Os escritores, poetas e ilustradores convidados cobriam todo o espectro. Escritores de *thrillers* legais, como Scott Turow e Lisa Scottoline, estavam no programa. Assim como o repórter investigativo Bob Woodward e Khaled Hosseini, autor do aclamado "O Caçador de Pipas", e também ganhadores do Prêmio Pulitzer, como Doris Kearns Goodwin, Taylor Branch e Geraldine Brooks.

Sim, e no final da lista estava eu — o colunista que escrevera a respeito da vida com um insano labrador retriever.

Todos convidados pela Sra. Bush para enviar a mensagem de que os livros são importantes.

Ela agradeceu aos escritores "pelas muitas horas solitárias que passaram trabalhando para iluminar, informar, inspirar e entreter todos nós". Quanto tive alguns momentos com ela, agradeci por patrocinar algo tão importante.

Em inglês, tudo pode ser resumido ao seguinte: 26 letras, que, combinadas corretamente, podem fazer mágicas. 26 letras formam as bases de uma sociedade livre, informada.

Independentemente do que você pense a respeito do presidente e de sua administração — e, francamente, não os tenho em alta consideração —, vamos dar crédito ao que merece crédito.

Laura Bush está fazendo mais para promover a leitura e o conhecimento do que qualquer outra Primeira Dama, e talvez mais do que qualquer outra pessoa no país atualmente. Ela está usando sua tribuna privilegiada para chamar a atenção para a leitura e o conhecimento e transformar as crianças — a próxima geração — em amantes dos livros.

O legado do presidente talvez seja questionado; o de sua mulher está assegurado.

Muito bem, Sra. Bush.

E muito obrigado pelos guardanapos bacanas.

13 DE OUTUBRO DE 2006

Uma dolorosa lição no perdão

Em retrospecto, eu compreendo que estava dirigindo muito rápido, principalmente se considerarmos que as estradas encontravam-se escorregadias por causa da chuva.

À minha frente, em um cruzamento, um carro estava parado com a seta do lado esquerdo piscando. Avancei prestando atenção, esperando que saísse do meu caminho a qualquer momento.

Mas o carro não se mexeu. Quando resolvi pisar no breque já era tarde demais. Derrapei e bati no pára-choque traseiro, empurrando-o para o meio do trânsito na outra via.

Milagrosamente, os outros carros evitaram uma batida, mas percebi instantaneamente que o meu erro de cálculo poderia ter resultado na morte de um estranho completamente inocente.

Do outro lado do cruzamento, nós dois paramos nossos carros. O homem parecia um leão-de-chácara, grande e intimidador.

Ele não estava ferido nem eu. Seu carro sequer havia ficado com uma marca da batida.

— Caramba, eu poderia ter sido amassado como uma lata de sardinha.

Pedi mil desculpas. Ele tinha todo o direito de estar zangado, e eu me preparei para o caso de ele querer me confrontar, colocar o dedo no meu peito e descarregar uma série de palavrões. Algumas pessoas já se meteram em brigas e até levaram tiros por coisas muito mais simples.

Então ele fez uma coisa incrível. O estranho pegou minha mão e me cumprimentou, dizendo: "Foi um acidente. Não se preocupe".

A PALAVRA P

Isso aconteceu anos atrás, mas lembrei porque me coloca na outra ponta de uma lição muito importante. Eu havia cometido um erro e ele havia perdoado.

Perdão.

Todos gostamos de pensar que somos capazes de perdoar. E a maioria de nós, na maioria das vezes, é.

Podemos perdoar uma criança que desobedece. Ou um entregador que derruba a caixa de correspondência acidentalmente. Talvez até um ladrão que leva o que é nosso.

Porém, o que dizer de uma agressão muito pior? Indescritível, muitíssimo pior?

O que dizer de um estranho que invade uma escola no interior, coloca dez crianças inocentes alinhadas contra a parede — e abre fogo?

Que pai, que comunidade, poderia perdoar uma coisa dessas?

Sabemos qual é a resposta.

Poucas horas após a agressão criminosa de Charles Carl Roberts IV contra a escola Amish do município de Lancaster, no dia 2 de outubro, a comunidade Amish local já estava expressando seu perdão.

Mesmo antes de poderem enterrar suas filhas mortas. Ao se reunirem enquanto outras vítimas ainda lutavam para continuar vivendo. Perdão total e completo.

O que estava feito estava feito, e também o assassino estava agora morto. Nenhuma raiva ou busca por vingança traria as crianças de volta ou entregaria o assassino à justiça. Os Amish tinham duas opções: descer pelos degraus escuros da amargura ou seguir os princípios da sua fé e superar aquilo. Eles acreditam que todos os acontecimentos, mesmo que sejam monstruosos como aquele, fazem parte do plano inexplicável de Deus.

E por isso perdoaram.

Misericórdia em meio à dor

Os vizinhos Amish foram até a casa do assassino para consolar sua mulher e outros parentes. Foram ao funeral e convidaram sua viúva para que comparecesse a pelo menos um dos funerais das meninas mortas. Enquanto milhares de dólares chegavam de todo o mundo para ajudar as famílias das vítimas, os Amish organizaram um fundo para os filhos do assassino.

Inacreditável.

Inacreditável e ao mesmo tempo lindo.

É disso que tratam os sermões. Se os Amish podem perdoar violação tão medonha, por que não podemos todos tentar ser só um pouco mais indulgentes com os insultos e mágoas e erros da vida diária?

As pessoas simples sabem o que muitos de nós ainda não descobrimos: que a brutalidade crescente da violência não acaba nunca, e que o ácido da vingança marca o coração humano com feridas profundas e permanentes.

Imagine se a ética do perdão unilateral pudesse envolver os sunitas e xiitas no Iraque, os católicos e os protestantes na Irlanda, os judeus e os palestinos em Israel. Imagine se pudesse permear as ruas dos Estados Unidos, onde gangues rivais se matam por causa da cor e rapazes acertam suas diferenças com Glocks de 9 mm.

Os Amish encontraram o caminho para um lugar mais elevado. O restante de nós poderia fazer algo que fosse pelo menos um pouco mais parecido com o que eles fizeram.

3 DE NOVEMBRO DE 2006

Novos aborrecimentos no ar

É algo que diz muito a respeito do meu estado de espírito atual o fato de eu ter começado a contar o que havia no meu lanche quando estava em um vôo da Pensilvânia para o Texas na semana passada.

Joguei o saquinho na bandeja e usei a borracha do lápis para alinhar o conteúdo em pequenas fileiras.

Meu lanche "premium" tinha exatamente 9 ½ salgadinhos de soja, 5 ¼ palitinhos de gergelim e 5 mini-pretzels. No total, essa festa gastronômica pesava cerca de 40 g.

Bon appetit, senhores passageiros!

Não é bom saber que as companhias aéreas estão fazendo sua parte para combater a epidemia nacional de obesidade? Só posso agradecer pelo fato de eles não terem me dado o lanche "diet".

Não costumo perder meu tempo pensando nesses lanches, mas cheguei a isso devido à patética situação das viagens aéreas. Elas me transformaram em um delirante contador de salgadinhos de soja.

Vocês se lembram dos bons tempos em que os viajantes adoravam odiar a comida servida nos aviões? Desse passado distante, em que realmente havia comida a bordo? Sim, eu sei. Vou entregar minha idade.

Tirem os sapatos, por favor

A comida é apenas uma parte dessa situação.

As alegrias das viagens aéreas modernas começam na fila do check-in da segurança, onde nos alinhamos como gado, tirando os sapatos e blazers, abrindo os cintos e segurando as calças para evitar que desçam até os pés.

Ninguém quer reclamar das medidas para manter o país a salvo do terrorismo, por isso nos arrastamos silenciosamente com os pés cobertos apenas pelas meias. Mas, sinceramente, algumas das regras de segurança são simplesmente idiotas.

Não sei por quê, mas não me sinto mais seguro sabendo que a avó que está diante de mim na fila teve que jogar fora o vidro de leite hidratante.

Imediatamente depois do pânico com explosivos líquidos de algumas semanas atrás, qualquer coisa líquida ou em gel tem que ser jogada fora. Milhares de dólares em cosméticos e refrigerantes foram atirados no lixo. Tenho certeza de que os terroristas devem ter achado muito engraçado.

Então a Administração de Segurança dos Transportes mudou as regras para permitir que as pessoas levassem líquidos ou gel em um saquinho plástico, desde que nenhum do itens tivesse mais do que 80 g.

Eu estava na fila da segurança algumas semanas atrás e o homem que estava na minha frente havia reduzido seus artigos de toalete ao essencial: pequenos tubos de pasta de dente, desodorante e enxaguador bucal. Mas ele esquecera o saquinho plástico.

O inspetor da segurança disse a ele que sem o saquinho não podia levar os produtos. O homem jogou tudo no lixo. E para quê?

Quando chegou minha vez, tinha o necessário no saquinho, pois aprendera a lição em uma viagem anterior, quando todos os meus líquidos haviam sido confiscados.

Mas um dos itens era um tubo de pasta de dentes de 140 g.

— Este tubo é muito grande — disse o inspetor.

— Mas está quase vazio — eu disse a ele. Tinha no máximo 30 g.

— Isso não importa — ele disse. — O que importa é o tamanho do tubo, não o conteúdo.

Um pouco de bom senso

Senti vontade de retrucar: — Então, está tudo bem se eu levar 140 g de pasta de dente se forem dois tubos de 70 g, mas não posso levar 30 g em um tubo de 140 g?

Eu sabia como iria terminar a discussão.

— Tudo bem — eu disse, e joguei a pasta de dentes no lixo.

Precisamos de segurança, entendo isso. Precisamos de regras. Mas um pouco de bom senso também seria interessante.

As regras de segurança não seriam tão ruins se a revista da bagagem não fosse essa droga.

Alguns meses atrás, viajei com meu filho até a Califórnia para um fim de semana prolongado e fiz algo que nunca faço — despachei nossa bagagem. Grande erro. As malas não apareceram até que estávamos praticamente voltando para casa.

Mesmo quando as malas não se perdem, a espera para pegá-las às vezes é mais longa do que a viagem. Especialmente aqui na Filadélfia, pátria da escola do serviço de atendimento ao cliente do tipo "por que essa pressa toda se acabou de acontecer?".

A demora e os extravios de bagagens do transporte aéreo americano na Filadélfia já se tornaram uma coisa tão vergonhosa que os chefões da área vieram a público para apresentar um plano para resolver o problema. Só acredito vendo.

O passageiro, acuado, não tem muitas alternativas: despachar a bagagem e rezar para encontrá-la algum dia, ou passar com ela pela segurança e enfrentar a Gestapo da pasta de dente.

O único consolo é saber que, depois que conseguir finalmente entrar no avião, um lanche de 40 g espera por você.

Procure não estragar seu apetite.

10 DE NOVEMBRO DE 2006

A LEMBRANÇA DA MORTALIDADE NA CORRESPONDÊNCIA

A carta chegou inesperadamente em casa, escondida no meio da correspondência.

Vinha num envelope simples, com o nome de uma rua na parte de trás. Não havia qualquer indicação quanto ao conteúdo, e por um bom motivo. Eu provavelmente a teria jogado no lixo.

Sim, era aquela carta. Aquela que ninguém quer receber, mas que um dia chegará para todos. A carta que faz uma auditoria da Receita Federal parecer um prêmio da loteria. Aquela que parece um tapa na cara e sugere que você nunca mais irá entrar numa calça jeans nº 40.

"Prezado sr. John J. Grogan", dizia a carta.

Passei os olhos pelo primeiro parágrafo, atentando para as palavras mais importantes: "está qualificado... membro... benefícios... vida depois dos 50".

Vida. Depois dos 50.

Comecei a rezar. Meu Deus, por favor, não. Isso não. Qualquer coisa, menos isso.

Para quem a Associação Americana de Pessoas Aposentadas envia suas mensagens? Para mim.

Meu cartão oficial de membro da AAPA, nº 1567627, veio junto.

— Querida — eu disse para minha mulher. — Onde está o uísque?

Contando os dias

Que fique registrado: eu não tenho 50 anos. Nem estou perto. Cinqüenta continua a ser uma marca distante no horizonte. Ainda sou um membro orgulhoso da década dos quarenta e poucos. Alguns dos meus melhores amigos têm trinta e poucos. Outros, poucos, têm a jovialidade dos vinte e poucos.

Ainda faço coisas ridiculamente imprudentes como balançar no alto de uma escada segurando uma moto-serra.

Eu não tenho 50, OK? Ainda faltam quatro meses, 10 dias e 17 horas. Não que tenha alguém contando.

Mas a AAPA não poderia ter esperado?

A carta tentava me convencer com uma longa lista de "benefícios e serviços" destinados aos novos candidatos a anciãos.

Um curso de direção segura para iniciantes. Eu não pude deixar de ter uma visão horrível comigo ao volante de um Buick Skylark que se arrastava a 60 km/h na pista de alta velocidade da Interstate 95. Nãoooo!

Minha ficha de adesão vinha com uma revista que fazia questão de lembrar que eu estava descendo a colina para os 100.

Oferecia atualizações regulares sobre o Serviço Social, programa que tenho a felicidade de nunca ter tido o direito de usar.

Também poderia usar meu cartão AAPA para "economizar com sapatos".

De todas as cores ou só brancos?

Não vou negar. A chegada do meu cartão AAPA me deixou em pânico. Meus pais pertenciam àquela organização. Por que estavam me perturbando?

Tentei encarar da melhor maneira. Família, aquelas sobrancelhas grossas que sempre desejei estariam chegando!

O eterno Paterno

Mas não havia como negar a dura realidade. Os melhores capítulos da minha vida poderiam ainda estar à frente, mas, por mais que eu me esforçasse para prolongá-los, o final da história seria o mesmo.

O cemitério.

Foi quando pensei em Joe Paterno. Haveria melhor exemplo para o segundo meio século?

O legendário treinador de futebol fará 80 anos no mês que vem e ainda se levanta todas as manhãs para ir trabalhar.

No sábado ele foi derrubado por dois jogadores, que bateram contra ele, quebrando sua perna, mas não sua intensidade.

Adorei a foto de Paterno sendo carregado para fora do campo com a perna machucada para cima. O rosto, entre indignado e impaciente, dizia tudo: consertem logo a perna para que eu possa voltar a trabalhar, está certo?

Não que eu alimente fantasias em relação à possibilidade de treinar futebol em alguma faculdade. Mas, quando crescer, quero ser como o saltitante Joe Paterno.

Não um treinador teimoso como uma mula. Mas alguém que se recusa a entregar-se aos danos causados pelo tempo. Alguém que abraça sua paixão sem se acomodar e que não desiste. Alguém que diz à idade o que pode fazer consigo mesmo.

Um cara que não diminui o ritmo.

Nesse sentido, meu pai era parecido com Paterno. Ele se atirava à vida com todas as forças todos os dias, até o último. Aos 89, estava à altura de homens com vinte anos a menos.

Engenheiro automobilístico, ele gostava de dizer: "A pior coisa que pode acontecer a um carro é ficar parado e ocioso". A mesma regra podia ser aplicada à máquina humana.

Pode vir AAPA. Pode mandar o cartão de associado e os descontos para idosos.

Os 50 podem estar próximos. Mas como um grande treinador diria para seus jogadores no intervalo do meio da partida: você é tão velho quanto se permite ser.

24 DE NOVEMBRO DE 2006

Simplesmente Diga Não à Sexta-Feira Negra

Bom dia, compradores.

Hoje é o grande dia. Aquele em que os grandes caçadores de pechinchas saem salivando freneticamente. Aquele que deixa os lojistas e as empresas de cartões de crédito num estado de êxtase semelhante ao dos drogados. Aquele que deixa deprimido qualquer um que ainda se preocupa com o verdadeiro significado do Natal.

Sim, hoje é o dia apropriadamente chamado de Sexta-Feira Negra. Um dia negro, triste e cínico.

Em nossa região, dezenas de milhares de compradores irão queimar as calorias do peru do jantar de ontem levantando antes do amanhecer, brigando por lugares nos estacionamentos, andando para cima e para baixo pelos corredores, atirando-se para cima das novidades em brinquedos e eletrônicos, e esperando em longas filas para pagar.

Os ânimos vão se acirrar, cabeças vão latejar, os pés irão doer. Mas tudo valerá a pena porque no fim do dia os carros estarão cheios de... coisas. Coisas para mostrar às pessoas amadas o quanto nos importamos com elas.

Você não imaginaria que nós, americanos, famosos pelo materialismo, precisaríamos de um dia especial para ampliar a orgia da gastança. Mas é justamente isso o que acontece nesse dia.

Na verdade, não é bem assim. O dia de hoje, de fato, começou ontem. Quer dizer, em muitas lojas as compras da Sexta-Feira Negra na verdade começaram na tarde ou noite do Dia de Ação de Graças.

Por que passar o feriado em casa com a família quando você pode estar entre os primeiros a fazer compras, o que é muito mais importante?

Encontrando o equilíbrio

É difícil, eu sei.

Como pais, eu e minha mulher lutamos para encontrar o equilíbrio. Em nossas cabeças, estamos dando aos nossos filhos um bom sortimento de presentes sem passar dos limites. Então eles fazem comparações com os amigos e vejo a decepção estampada nos rostos. Aquele jogo do Banco Imobiliário logo perde a graça quando o Tommy, que mora do outro lado da rua, passa com seu quadrimotor novinho rua acima.

O novo significado do Natal se resume a isto: culpa. Para evitá-la, compramos como se não houvesse amanhã. Não há muita alegria nisso, mas pelo menos estamos cobertos.

O menino Jesus ficaria tão orgulhoso.

Posso fazer uma proposta singela?

Simplesmente diga não.

Diga não à corrida de ratos.

Diga não aos novos lançamentos.

Diga não à noção, cuidadosamente plantada pelos marqueteiros e publicitários, de que os bons pais, aqueles que se importam, enchem as crianças com quantidades obscenas de presentes e brinquedos — mesmo que para isso precisem atingir o limite dos cartões de crédito.

Afastem os olhos das luzes, meus amigos. Afastem-se das drogas. Ignorem os sinais de "últimos dias para comprar".

O espírito desta época nada tem que ver com a compra de 26 brinquedos diferentes para o Júnior, sendo que muitos deles estarão obsoletos, quebrados ou simplesmente serão ignorados em poucas semanas. Não tem nada que ver com esteróides. Pelo menos não foi assim que começou. Você não precisa ser muito religioso para reconhecer isso.

Brinquedos caros

Um adolescente de Allentown gastou 600 dólares para adquirir a última sensação, o novo PlayStation 3 — e poucos minutos depois foi roubado sob a ameaça de uma arma.

Eu não sei o que me deixa mais aflito: pessoas roubando umas às outras com armas, ou a Sony deixando as crianças alvoroçadas com um brinquedo no valor de 600 dólares que, anotem as minhas palavras, estará obsoleto em 24 meses.

No ano passado, eu quis dar um presente especial para um amigo especial que havia me ajudado muito nos meses anteriores. Deixei-me envolver pelos anúncios, imaginando que precisava gastar muitas centenas de dólares para mostrar o quanto estava agradecido. No final, acabei não gastando nada.

Todas as noites eu me trancava no porão de casa e aos poucos fui fazendo uma caixa com um pedaço de nogueira que estava no meio da lenha que pegávamos no bosque atrás de casa. Serrei a madeira para fazer placas, alisei as placas para transformá-las em tábuas, cortei-as em pedaços e juntei-as, passei lixa e verniz e depois cuidei do polimento.

Não é obra de um mestre do artesanato, o que podia ser visto no produto final. Mas meu amigo ficou emocionado com meu esforço, de uma maneira que nenhum outro presente comprado poderia emocionar. Mas o verdadeiro presente quem ganhou fui eu.

Redescobri a verdadeira alegria de dar um presente. Um presente sem o peso da culpa ou de qualquer pressão ou competição.

Aqui está o segredo: tem que ver com você se dar.

Hoje pretendo observar a Sexta-Feira Negra de casa, sentado diante da lareira com um bom livro. A cruzada maluca pelo shopping pode ser a empreitada de outra pessoa. Quer juntar-se a mim?

11 DE DEZEMBRO DE 2006

EXÉRCITO DE UM CUIDA DO LIXO

Em Roxborough, qualquer que seja a manhã, você poderá ver uma mulher de meia-idade agasalhada por causa do frio, caminhando pela Ridge Avenue e parando sempre que encontra algo em seu caminho.

Você a reconhecerá porque ela estará ao lado de um cão mestiço e, quase sempre, levando nas mãos alguma coisa jogada por outras pessoas.

Ela pode parar para pegar um pedaço de comida ou um saquinho de salgadinho ou uma lata de cerveja.

— Se for muito repugnante eu não pego — ela diz. — Se estiver vazando ou for grudento, eu não encosto.

Seu nome é Diane Bones, e quer avisar que não é uma pedinte procurando pela próxima refeição. É proprietária e orgulhosa residente do bairro, empregada com um bom salário, que decidiu travar uma batalha particular contra o que considera o Inimigo nº 1: o lixo.

Ele está em toda parte — vai sendo soprado pelas ruas, cobrindo as calçadas e pequenos jardins, diz Diane.

Quando saiu de Media e veio morar na cidade, logo depois de seu casamento em 2000, reparou nele imediatamente. E ficou maluca com isso.

— Adoro morar na cidade — ela diz. — Gosto de tudo por aqui. Minha única reclamação é o lixo.

Boa ação diária

E por isso Diane, 53, assumiu a tarefa de recolher a sujeira deixada por estranhos. Transformou suas caminhadas matinais ao lado de Samantha em uma missão de limpeza das ruas.

O que costuma pegar em sua caminhada?

— Latinhas de refrigerantes, pacotes de cigarros, papéis de balas, pacotes de salgadinhos, jornais, saquinhos de leite, garrafas de cerveja e bebida em geral — ela diz. — Em nossa rua, o lixo já faz parte da rotina. As pessoas simplesmente passam por ele.

Diane mora perto de um mercado, e está sempre pegando as embalagens das coisas que os clientes acabaram de comprar. Há muitas sacolinhas plásticas do Rite-Aid por ali.

A algumas portas de distância da sua casa fica a Levering Elementary School, que, segundo Diane, é a origem de muito lixo. "As crianças jogam as embalagens dos lanches e as latas de refrigerantes sem perceber que estão sujando", ela diz.

Seu caminho a leva até as proximidades da Roxborough High School. Ela já viu estudantes saindo de uma doceria que fica ao lado jogando lixo no chão enquanto caminham.

Às vezes, ela se dirige a eles. "Eu grito do outro lado da rua: 'Pegue isso do chão!'. Normalmente eles pegam." Parecem espantados. Eles não acham que estão fazendo algo errado.

Os infratores não são apenas as crianças. Ela também já pegou muitos adultos no ato, até mesmo uma vizinha que atirou um bilhete da loteria pela janela do carro.

— Ela não ganhou, por isso todos nós perdemos — Diane reclama.

Um símbolo da rendição

Quem a incomoda quase tanto quanto os que jogam o lixo são aqueles que simplesmente passam pelo lixo sem se importar, mesmo que esteja em seu próprio quintal ou na frente de seu negócio.

Ela admite que é um pouco obsessiva com essa história de lixo. Para ela, é uma espécie de câncer que acaba com o orgulho cívico e o tecido da comunidade.

— Mesmo que pareça um problema menor, o lixo dá o tom para um comportamento do tipo eu-não-me-importo — diz Diane. — Simboliza uma apatia, uma rendição. É como se as pessoas dissessem: "Quer saber de uma coisa? Eu desisto".

Diane não está disposta a desistir.

Quando se mudou, não havia latas de lixo perto da escola, e os vizinhos diziam que era assim mesmo. Ela telefonou para Michael Nutter, funcionário da Assembléia, e duas latas grandes logo apareceram do lado de fora da escola.

Todas as manhãs, Diane pega o que pode, mesmo que as pessoas fiquem olhando, imaginando que ela seja maluca ou uma sem-teto ou ambas as coisas. No dia seguinte, há sempre mais lixo à sua espera.

— Às vezes parece uma coisa fútil — ela admite. — Às vezes me pergunto por que me preocupo com isso.

Ainda assim, ela continua em sua luta.

— Será que faz alguma diferença? Quem sabe? Não posso me responsabilizar pelo mundo todo, mas posso ser responsável por este pequeno espaço diante da minha casa. Se meu pequeno canto no mundo pode ficar melhor, talvez ele se transforme em uma bola de neve.

2ª edição

Este livro foi composto em Iowan Old Style BT
e impresso pela Vida e Consciência sobre
papel polén soft 80g para a Ediouro, em abril de 2008.